文芸社セレクション

木棉花《ムーメンファー》の咲く頃に

桐原 夕一

KIRIHARA Yuichi

文芸社

（1）

まだ三月上旬というのに、午前十時過ぎには初夏を思わせる陽気となった。昨夜来の激しい雨は明け方にはすっかり上がり、湿気を含んだ大気の彼方に淡い青空が揺らいでいる。

片側二車線の両縁に続く街路樹の大木。枝々に広がる赤い五花弁。その鮮やかな赤色の左右二本の直線が、燃え伝うかのように集結し、はるか前方の青空に突き刺さる。美術書の遠近法の手本のような光景を構成するのは、木棉花《ムーメンファー》という花樹だった。広東省の深圳市を東西に突き抜ける高速道路に平行する道の両沿いに、この木棉花が植樹されていた。

その焦点に位置する公園の入り口で、約束どおり王姉妹は待っていた。二十三歳と十九歳の姉妹は僕達を見つけ、すらりと伸びた右腕を大きく振った。

今日は石田先輩（石田さんは仕事上の上司ではあるが、僕の卒業した工業高校の出身であり、部活動も同じだったので先輩と呼んでいた）の初デートの日である。日本料理店に働く妹の王小玉をようやく誘い出したのだが、保護者として姉が来るという。

そこで、石田先輩から、姉の世話をしてろ、と同行を頼まれたのだった。

姉の名は王春玉。日本留学中の恋人がいるらしく、手出しはできないよ、と先輩から釘を刺されていた。

「それじゃ、僕はまったくだしじゃないですか」

と文句を言ったのだが、

「まあ、怒るなよ。だしこそ重要、料理の要。なあ、ぜんぶ奢るからさ」

取り立てて次の休みの予定もなかった僕は、それでは石田先輩のお手並み拝見、と野次馬根性を出し、最後は承諾した。歩くときはできるだけ姉を引き離し、俺達から五メートル以上離れることなど、前夜綿密な作戦を立て、形はダブルデートとなったのである。

姉は日本語通訳者として日系企業に勤務しているため、会話には不自由しない、と聞いていた。

妹は僕達が通う日本料理屋『紅花亭』で働いていた。店に集まる日系企業の単身赴任族の間では、小玉ちゃんと呼ばれ、五人いる給仕人の中では最も人気が高かった。日本語はほんの片言が話せる程度でたどたどしかったが、その懸命な話しぶりに愛嬌があった。

料理を運ぶ合間に客から聞き初めの言葉があれば、「ちょと待てくださいい」と割烹着の懐から小ぶりの赤い手帳を取り出し、短い鉛筆で覚束ないひらがなを綴り、その意味を訊ね、書き留めた。手帳にはピンインと呼ばれるアルファベットに似た中国の発音記号も併せて書かれ、料理の種類や簡単な会話などで、ぎっしり埋められていた。

客のなかには酔いにまかせ卑猥な単語を教える者もいたが、雰囲気で察しては北方系の白い整った顔を赤らめ、

「お客さん、駄目ですよ」

慌てて手帳の文字にバッテンをし、

「お料理は、なしです」

と抗議する口元も愛らしかった。これ以上のからかいには、カウンターの奥から店主の、あんまりうちの娘をいじめんといてや、と諫める声がやんわり飛んだ。

休日のデートに誘う日本人は多かったが、なかなか身持ちが堅く、それはありがとですね、と微笑みを返すだけで、誘いには容易にのらなかった。

姉妹は店主の奥さんのつてを頼り、中国東北地方の黒龍江省から遥か南方の広東省まで働きに来ていた。

店は年中無休で、働く者は交代で休みを取っていた。小玉ちゃんは、月二回休みありります、と話していたが、繁忙期には出勤を要請されると断り切れず、朝十時から夜十一時までの勤めをこなす毎日だった。

貴重な休日にはいろいろ用もあるだろうに、石田先輩のやや強引とも思える申し入れに観念したのか、あるいは以前より憎からず思っていたのか、それは不明だけれど、今日の約束の指切りを交わしたと聞いたとき、感心するとともに、これは他の常連客からブーイングの嵐だぞ、と少なからず案じもした。

夜更かしして少し目が腫れぼったいわ、という姉は、妹と同じくまつげの長い大きな瞳で、朝日に輝く木棉花の花を眩しげに見上げていた。

「北の地方にはこのような赤い花はありません。こわいくらい」

僕は関西地方にある小都市の出身だが、確かに故郷の春にも、このような濃い赤の炸裂する花はなかった。

梅や桜はほのかな紅色。庭先の枝に光るのはレンギョウの黄色。菜の花はその清らかな黄色で村いちめんを染め、おおいぬのふぐり、すみれの青や薄紫は田の畦を長閑に彩る。柔らかな芽生えの緑でそっくり包まれた野山。鮮烈な原色の変わり花は淡い里の春にはそぐわない、と育て愛でる人はいなかったのだろう。

木棉花は藪椿の赤とも違う、湿っぽい情緒などとは全く縁のない、刹那とはまた意趣の異なる南国的というしかないどこか開放的な色相だ。ここは朱色がかった肉質の赤を好む華南の地なのだ、と改めて思う。

姉の春玉は、白のTシャツにセルリアンブルーの粗い編み目の毛糸のカーディガン、洗いざらしのジーンズ、と白と青でまとめた清楚で一見地味な服装だったが、カーディガンに隠された胸のふくらみはすっきりしているものの、臀部から足先への脚線は美しく伸びて、二十三歳の女性らしく、全身に若さが満ち溢れていた。

今日一日、なにはともあれお付き合いできるのかと考えると、思わず頬がゆるみ、「早上好《ザオサンハオ》」

朝の挨拶の声も大きくなる。

「お早うございます」

彼女は綺麗なアクセントで返してきた。

ハルビンの日本語学校で二年間勉学し修得したという日本語は、基本に忠実なだけに、僕の関西弁の交じる言葉よりはるかに響きが美しい。慣用語も正確に話し、ぜひ僕に日本語を教えてください、とお願いしたいぐらいだった。

小玉ちゃんはいつもの店の着物姿とは違い、クリーム色の薄手のセーターと春物の白いスカート姿が新鮮だった。

街角で見かける若い女性にはスカート姿は少なかった。それはスタイルに自信が有るとか無いとかというよりも、地方出身の工員が多く、まだお洒落にかまうまでの経済的な余裕がなかったのだろう。ほとんどがジーンズ姿だった。それでも、膝や裾に刺繍や色抜きを施しては秘かな個性を競い、楽しんでいた。

小玉ちゃんのスカート姿は借り物めいて、着こなしているとは言い難かったけれど、今日のために精一杯着飾ったのだろう、その気持ちが伝わってくるようだった。姉と同じく伸びやかな脚線で、しきりにスカートの裾に手をやり気にしているのが、初々しさを感じさせた。

店ではいつも髪を後ろにまとめていたが、今日のまっすぐに下ろした癖のない長い髪は、動くたびに揺れ、掻き上げる仕草がいっそう小玉ちゃんの印象を見違えるものにしていた。

僕達は木棉花の並木の続く通りで、タクシーを捕まえた。席順でもめたが、結局、僕は助手席に、石田先輩は両手に花となった。ルームミラーに先輩の嬉しそうな顔が映る。やっぱり今日は、先輩の奢りだな。

車は深圳市の中心街へと向かった。

三十分ばかり走って、経済特区へ入る検問所を通り抜ける。以前は身分証明書の呈示を求められたが、現在では制服姿の役人は立つものの、タクシーなら止められることはなかった。それでも、不意の尋問に対して、市内に入るときには、パスポートの携帯は必須だった。

都心へ近づくに連れ、洒落た外装の高層建築が立ち並ぶ。また建設途中の建物も多く、発展する都会の姿を颯爽と誇示していた。僅か十数年前は、人口三千人の貧しい漁村だった地域だ。それが現在では三百万人を超すという。

　東門の大通りで、僕達はタクシーを降りた。深圳市の繁華街にある東門は、すでに多くの人で賑わっていた。親子連れ、恋人同士、また若い友達のグループ、と舗道は人混みで足元も見えず、通り抜けるのに苦労する混雑ぶりだ。

　僕ははぐれないよう付いていったが、さすがに姉と手を繋ぐのは躊躇われた。石田先輩はと見ると、向かいから来る人とぶつかりそうになると、避けるようにさりげなく小玉ちゃんの肩を寄せている。彼女も嫌がってはいないようだ。なるほど、だてに年はとっていないや。

　朝昼を兼ねた食事をとることにして、街角の広場の奥にあるレストランに入った。縁日が出るくらいの賑わいも、ここまでは押し寄せてこず、静かで瀟洒な雰囲気を保っている。この一角では高級な構えの店で、地元の人達が気軽に出入りできるところではなかった。

「歓迎光臨《ファンインコウリン》」

　入り口に待機していた案内嬢の澄んだソプラノの二重奏声が、僕達を迎える。

　昼食の時間帯にはまだ早く、店内には数組の客がいるだけだった。厚い絨毯を踏みながら奥の席に案内された。席は四人がけで、石田先輩と僕が向かい合う形となり、その隣にそれぞれ、姉妹が座った。

いつも働く日本料理店の雰囲気と違い、西洋レストランは慣れないのか、小玉ちゃんは口数も少なく緊張した面持ちだ。注がれたコップを両の掌で包むように持ち、照明に輝く水の波紋を見つめていた。

「はい、何を食べるかな。何でも好きな料理を注文すればいいよ。遠慮せずにね」

石田先輩の声に促されて分厚いメニューをくぐったが、そこに記された金額を見て、姉妹は怯んだようだ。

「高いですね」

簡単な軽食が百元から百二十元。通常、彼女たちが利用する食堂の十倍くらいの価格になっているという。日本での外食に出かける時の感覚からは高いとも言えないが、工員の一週間分の基本給に相当する価格には、さすがに驚いたようだ。

中華風のお粥もあったが、四人は結局、トーストとハムエッグ、サラダに飲み物の、朝食の定番ともいうべき組み合わせに落ち着いた。僕達はホットコーヒーを注文したが、彼女達はコーヒーを飲む習慣はなく、椰子の実ジュースを選んだ。

店内にはアランフェス協奏曲の第二楽章が流れていた。このギター協奏曲なら知っている。ゆっくりとクラシック音楽に耳を傾ける余裕なんて、ここ数ヶ月なかったなあ、と改めて思った。

　僕の勤務する会社は、三山電器という中小企業だ。家庭用の調理用電気器具や暖房機器の製造業で、生産する製品には三山ではなく、弱電大手のブランドが表示されている。ＯＥＭ（相手先商標による受託生産）といわれるもので、設計から完成品まで、三山電器で請け負っていた。

　設計は本社技術部で行ない、完成品の組立は製造部のある深圳市郊外の工場で、と分業体制を採っている。

　ＯＥＭ先からの商品企画書とデザイン図に従い、安全基準を遵守し、要求品質を満たすべく設計する。図面は工場に回され、大量生産のための金型が手配される。その金型によって加工されたプレスや樹脂成型の部品と電装部品を組み合わせ、配線を施し、ひとつの製品に仕上げていく。その製品の品質を管理する部署が、名の通りの品質管理部だ。

　石田先輩は、本社から中国工場にその品質管理部の責任者として派遣され、長期出向五年目だ。どうも十年間といわれているそうで、やれやれ半分終わった、とこの前もぼやいていた。本社では、まだ主任の二十九歳だが、ここでは次長職だ。僕も同じく品質管理部員だが、新製品が立ち上がる時の本社からの短期応援部隊の一員だった。

　十二月初旬に量産開始の予定だった春先需要のオーブントースターが、仕様変更で大幅に遅れ、睡眠時間も削る多忙な試作評価の段階を経て、ようやく一月半ばに量産に入った。

不安定な初期流動時期を乗り越え、二月の春節（旧暦の正月。祝日が1週間程度続く）明けの工員の大幅な入れ替えによる混乱も克服し、ようやく軌道に乗った久方ぶりの休日だった。

注文を終えると料理が来るまで落ち着かない。この慣れない雰囲気を楽しいやり取りでと思ったが、若い女性との適当な話題が思いつかない。日本でならテレビドラマや映画、音楽に流行のファッションなど、いくらでも話す事があり会話も弾むのに。こういうときこそ物怖じしない石田先輩の本領発揮だよ、と見ると、先輩は煙草を取り出しながら、おい、おまえ何か口火を切るように、と横目で僕に督促する。

えっ、僕が進行役なの？　先輩、案外だらしないなあ。恨めしく思いながら、中国人との会話の第一歩は、まず出身地からだったな、と彼女達の故郷のことを訊ねてみた。

「今頃は、まだ寒いわ。氷が溶け出すのは、四月半ば頃かしら」

厳寒期には零下二十度から三十度の日が続く故郷での冬の楽しみは、アイススケートだという。

「スケートは得意ですよ。省の全中学校の競技会で、入賞したこともあります」

僕は姉の伸びやかな脚線が、白い氷を蹴っていく姿を思い浮かべた。

吹雪く日が多く、戸外では十分な練習ができなかった。大きな町へ出れば、常設の屋内リンクもあるけれど、裕福でない家庭の生徒には気軽に出かけられるところでは無かった、という。続けたかったけれど、足を痛めて断念したのが高校一年生のときでした、と姉は少し残念そうな口ぶりだった。

「それは惜しかったね。オリンピック強化選手になっていたかもしれないのに。すると、こんな太い脚になっていただろうね」

先輩が両手で作った輪を大きく左右に広げて、真っ赤になった姉からお絞りで軽くぶたれた。僕は姉の細身の上半身に太い下半身がついている姿を想像しようとしたのだが、とてもその不釣り合いな像を結ぶことはできなかった。

妹の小玉ちゃんは運動が不得手で、戸外に出ることを好まず、

「私、二胡を習っていました」

地域の民族歌舞団で、小学校の入学時から演奏していたのですよ、と姉が付け加えた。

「二胡というと、中華楽坊というグループの最前列で演奏している楽器かな」

僕はテーブルの端に置かれた箱からストローを取り出し弓にして、立てたスプーンの柄を擦る恰好をした。

二胡は胡弓によく似た楽器で、中国の民族楽器のひとつである。最近では、日本の

テレビでもコマーシャルソングなどに多く使われ、その艶やかな音色と楽器名が知られるようになっていた。

「一度、聴きたいなあ。二胡は今も演奏しているの」

「休みの日は練習しています。でも、仕事が忙しくて自由な時間が少ないから、腕のほうは落ちたかもしれないわね」

姉が代わって答えた。妹は恥ずかしそうにうなずいた。

客が少ないのにもかかわらず、ずいぶん待たされ、ようやく注文した料理が運ばれてきた。ウエイトレスが大きな音を立てて、食器をテーブルに置いた。お待たせ致しました、との言葉もなく、規模の大きな店にしては従業員の教育が少々お粗末かもしれませんね、と姉が口にした。

「さあ、食事、食事。次が待ってるぜ。今日はせっかく小玉ちゃんが付き合ってくれるのだ」

「あら、いやですね。私もいるのですよ」

姉が石田先輩をぶつ素振りをした。今日はいったい何回ぶたれることになるだろう。これは楽しみだな。

「そうだったね。お会いできて光栄です。あらためて本日はよろしく」

先輩は深々とお辞儀をしたあと、笑いながら姉にウインクをしっかり飛ばしている。

「それでは、食事を始めよう」

石田先輩はバターの包みを開き、ナイフを入れると、厚めのトーストにたっぷりと塗りつけた。僕はバターが苦手だし、中華料理の油の濃いのにも閉口するが、先輩は全く好き嫌いが無かった。

コーヒーには二袋の砂糖を入れるし、唐辛子、芥子、山葵の類の調味料も驚くほどの量をふりかけた。料理の素材を食べているのか調味料を主食にしているのかわからない。

皆から味覚音痴とからかわれていたが、本人は全く相手にせず、これがおいしいのだ、と寮の食事では、唐辛子の瓶を一週間で空にしていた。そして、寮で料理を担当する朝鮮族のおばさんが作る本場仕込みの真っ赤なキムチを嬉しそうに食べていた。

このレストランの自慢という黒胡椒のきいたオニオンスープが美味だった。彼女達も満足そうに味わっている。

普段の朝食はふかした肉まん一個と具の少ないスープだけ。それでも、毎日食事を口にできるのは幸せなのです、と姉は微笑んだ。

食後のコーヒーがきた。寮に常備されたインスタントコーヒーとはやはり味が違う。よし、これはいい、とストレートコーヒーを味わいつつ、第三楽章のエンディングにゆっくり浸ろうとした。

けれども、隣の姉から漂う淡い香り、カラオケ店のサービス嬢達とは全く違うその上品な香りが気になって落ち着かず、妹と楽しそうに話をしている姉を何度も横目で見た。

勘定を済ませ、もちろんここは石田先輩の奢りだ、店を出て通りへ戻ったとき、クラクションを盛大に鳴らしてやってくる車に出くわした。

車は赤や黄色の派手なリボンで巻かれ、造花の大きな花がいくつも飾られている。結婚を祝う車だった。先導車に続く二台目のオープンカーは、一層豪勢な満艦飾の花で覆われていた。

後部席で正装した花婿と花嫁が手を振りながら晴れやかな笑顔を振りまき、ゆっくりと過ぎていく。花嫁の白いドレスが春の光に煌めき、手に持ったブーゲンビリアの花束が、二人の今の愛を約束するかのように、色鮮やかだった。

沿道から祝福のあるいはひやかしの拍手や指笛が捲き起こった。

「婚車か。おおっ、いいなあ」

石田先輩は大きな声を出した。姉も背伸びして、すてきですね、と同意したが、妹は姉の背中に隠れ、華やかな一団からはそっと視線を背けた。横顔が震えているようだった。

あれ？　若い女性なら誰でも花嫁衣裳に憧れると思っていたのに。違うのかな。

婚車が通り過ぎた後、沿道のざわめきは通常の雑踏の騒音に代わっていった。それでも、まだ人々の中に軽い興奮が残っていた。その余熱に染まったのかのように、

「俺もそろそろ結婚したいなあ」

先輩は小玉ちゃんに聞こえるようにつぶやいた。

あれ？　そういや、先輩は恋人を日本に残してきての海外赴任と言っていなかったか。

年二回一週間程度の帰国では充分なつきあいも出来ず、膠着状態になっているようなことを、以前にほのめかしていた。それなのに、小玉ちゃんに熱を上げている。工業団地には、数社の日系企業があった。そこで働く日本人の何人かは、この赴任地で中国人女性と正式に結婚していた。

僕は出張ベースで来ており、新製品の量産準備とその後の監視期間のみの滞在だ。それでも、ここ数年は延べ日数で年間の半分近くは中国に居住している。

今年は新規製品の開発が続く。本社の設計陣は、連日夜遅くまでＣＡＤのモニターと睨めっこという。時折、夜十時過ぎに近くに居を構える副社長が状況を覗きにくるそうだ。激励なのかそれとも監視なのか、どちらにしろ気が休まらないよ、とのぼやきが渦巻いているとの情報が伝わってきていた。

果たしていつ帰ることができるのか、先行きは不透明だった。日本には彼女がおら

ず、中国でも知り合う機会が乏しい。この先、一体どうなるのだろう、と遣り切れない気分だった。

そりゃあ、カラオケなどに行けば、一時、歓待してくれる若い女性はたくさんいる。店外での付き合いにも応じてくれる愛想のいい娘も多い。けれども、物やお金が目当てという下心が、すぐに読めてしまい、興醒めしてしまう。

地方から出てきた彼女達の最大の関心事が金蔓を確保することであり、そのことに必死、というのは理解できないでもなかった。もちろん、すべての娘がそうである訳ではないのだが。

「さあ、次は民族村に繰り出そう」

昨夜、先輩と計画した本日の目玉だった。

民族村は深圳市西部の海沿いに新しくできた、中国各地の小民族の風習などを展示、紹介する観光施設で、屋内舞台での歌舞団による民族舞踊や野外での大がかりなショーが評判だった。

この夕方から始まる光と音による煌びやかなショーで興奮する彼女をしっかりと虜にする、という目論見だ。展開によっては、俺は小玉ちゃんをエスコートするから現地解散も考えておいてくれ、もちろん姉を引き離して先に送るのがおまえの使命だからな、と帰りの交通費も受け取っていた。

そんなにうまく事が運ぶかなと疑問だったけれど、この姉と一緒に帰れるのなら、束の間の幸せだけどこれは悪くない。

「では、行きましょう」

僕の声も大きくなった。

近づくタクシーに手を挙げようとしたとき、先輩の携帯電話が鳴った。着信は梶本総経理の番号を示している。出たくないなあ。休日にかかる会社からの電話なんて碌な電話じゃないぞ。それでも、無視するわけにはいかず、先輩は恐る恐るボタンを押した。

「えっ。本当ですか？　すぐ工場へ戻ってこいだなんて。ここしばらく休みがなかったのですよ」

緊急事態の発生だという。新製品の不具合情報が日本から届き、明日、出荷予定の製品をすぐ全数検品する必要がある。対象ロットの製品を倉庫から組立ラインへ戻し、工員たちを寮から呼び寄せる指示を出したところだ。コンテナはキャンセルできない。明日の積み込みは絶対だ。なんとか協力してほしい、という懇願というよりなかば強制的な指示に、

「おまえだけでも戻るか」

「それはないですよ。品質責任者の石田次長が陣頭指揮をとらないで、どうするので

すか」

「まいったなあ」

情けない声で渋々、なんとかします、と電話を切った。

なんとかします、ってどうすることなの？　夕方ごろ工場に戻り、検品の結果を確認すればそれでよいのですか、と問えば、仕事に厳しい先輩は、

「いや、すぐ戻ろう。段取りから確認していかないと、何が起こるかわからん」

先輩は姉妹に事情を説明し、次の約束を取り付けようとしたが、

「はい、恐縮です。でも、次の休日の予定は私達もわかりませんから。特に、妹は日曜日に休むことが難しいので」

にっこり笑った返事に、もっと残念そうな表情を見せてくれればいいのに。未練がましく思いながら、こうして初めてのダブルデートは、序奏が終わり、さあクライマックスに向かって指揮棒が振られようとする直前に、無様にも立ち消えてしまった。

昨夜、先輩と散々練った脚本の残り頁は、背景曲の余韻も消えた中、千切れて脳裏を空しく浮遊する。

青春映画の主人公に成り損ねた僕達は、久しぶりの深圳市内で買い物をして帰ります、という姉妹と街角で別れた。

ヒーターとリード線の接続部の加締めに緩いものが見つかったという。日本から送られてきた写真には、閉端接続子からリード線がずれ、芯線が覗いている。充電部の絶縁距離不足。発熱のおそれもあり、これは工場責任となる致命欠点だ。

「おかしいなあ。工程パトロールでは、加締め治具の点検や空気圧の点検をしており、異常がなかったのになあ」

　ぼやいても始まらない。が、なぜ今日なんだろう。

　日本へは余裕をもって量産試作品を発送していた。ところが税関で手間取ったようだ。

　今回のオーブントースターは受皿にほうろうを採用しており、食品に触れる部品は食品衛生法の対象となる。そのため、食品・添加物等の規格基準に適合したという輸入食品等試験成績証明書が必要なのだが、提出が遅れたという。おかげで日本も休日出勤で確認せざるを得なくなったのだ。

「通関に必要なことはわかっているじゃないか。技術部の怠慢だ。俺たちのデートを邪魔する陰謀だ」

　煮えくり返る先輩の腸の音が沸々と聞こえそうだった。

外観の不具合ならまだ容易だが、ボンネットを外しての点検には時間を要する。一度分解すれば、絶縁や耐電圧の検査もしなければならない。

工場での検品作業は深夜十二時を過ぎても終わらなかった。石田先輩の愚痴ること、愚痴ること。おまけに、梶本総経理は夕刻に一度姿を見せたきりで、叱咤とおざなりの慰労の言葉だけで帰ってしまった。治まらない先輩は、くそっ、おもしろくない、こんな仕事は辞めてもう日本へ帰る、とわめきたてた。そこへ、

「じゃあ、安心してください。小玉ちゃんは僕が引き継ぎますよ」

と追い討ちをかけたものだから、とばっちりが、運悪く製品の外観良否について判断を仰ぎに来た製造ラインの中国人班長へ飛んだ。

検品時に塗装の不具合品を見つけてしまったのだ。普通なら、良く見つけたと褒めるところであるが、先輩は、

「どこに目がついとるんじゃ。ぼけっ。限度見本を外れとるのがわからんやつはとっとと辞めてしまえ。すぐ塗装部の責任者を呼んで選別させろ」

中国人の若い女性通訳員は、言葉の激しさをどこまで訳せば良いのか、と顔を真っ赤にして思案しながら、なだめるように班長に伝えていた。

こうして検品を終了したのは午前四時。しゃべる元気もなく寮に戻った。冷蔵庫にあった缶ビールを一気飲みし、部屋に入るや否やベッドに倒れこんだ。

一瞬、王姉の姿が目に浮かんだが、昨日のことを反芻するゆとりもなく、即刻、眠りの中に落ちてしまった。

（2）

次の土曜日、休日だというのに、またしても出勤となった。新製品のオープントースターが販売好調で、追加注文が入ったのだ。

材料を調達する資材課や部品加工の製造部の責任者は、文句をこぼしながらも走り回り、なんとか土曜日の追加生産に間に合わせてきた。

組立ラインへ搬入された部品箱の数にうんざりしながら、ラインをと見れば、黄色い帽子をかぶった新人の作業員が目立つではないか。やれやれ、作業指導にこれは手間取るな。一時間ごとに出来高が記録される生産管理板の数字も、目標には程遠く低迷している。案の定、定時内では出荷指示数の生産が完遂できず、三時間の残業となった。

疲れたな、旨い物でも食わないとやってられませんよ、と賄いのおばさんがわざわざ出てきて準備してくれた寮の食事を断り、タクシーで紅花亭へとやってきた。

引き戸を開けると、目の前に小玉ちゃんがいた。僕達の顔を見て、

「いらーさいーませ」

と迎えてくれたが、半泣きの声。

救われたかのように、奥の席へと僕達を案内しようとした。入り口近くの席にいた客に絡まれていたらしい。

「おお、噂をすれば石田次長に原田さん、ご両人の登場じゃないですか。まあ、ここに座って一緒にどうぞ」

衝立の陰から顔を出したのは、阪神産業の谷口という中年の男性だった。阪神産業はうちの工場で使用する鋳造部品の購入先で、谷口さんは品質管理の責任者だった。部品不良で選別に呼んでも、言い訳ばかりが多いその慇懃無礼な態度には、良い印象を抱いていなかった。

普段ご迷惑ばかりお掛けしていますので、ひとつ今日は奢らせてくださいよ、いろいろご教授して欲しい事もあるもので、と口振りは丁寧だったが、相当に酔いが回っているのだろう、呂律も怪しく、テーブルの上には銚子が林立していた。

石田先輩は小玉ちゃんに、あとは任せておけ、と手振りで制し、座敷席に座り込んだ。

「聞くところによると、小玉ちゃんとデートをしたという話ではないですか。抜け駆けは許されませんよ」

どこから漏れたのか、話が大きくなっているという。

「ここの日本人社会は狭いので、情報はすぐに伝わってきますよ。それでどうなりましたかね、そのデートやらは」

酒臭い息とともに、最後まで納得できる説明を受けないと承知しませんよ、という粘着性の声をその痩せぎすの顔から吐き出してくる。

「おやおや、谷口さんからの不具合調査報告書はすぐにはまともなのが出てこないのに、この件での追及は敏速で厳しいですね」

と先輩は皮肉をひとつ前置きに切り出した。

だが、酔いのせいか、いつもなら即座に顔色に出る表情に変化はなく、今日の谷口さんには通じない。

食事だけで工場へ舞い戻る羽目になった顚末を説明すると、

「さすが梶本総経理。そうこなくっちゃいけません。これで、会のメンバーに安心して報告できる、というものです。紅花亭のゴルフ仲間で、秘かに、『小玉ちゃんの貞操を守る会』を発足させているのはご存じですよね。会長は、ほら、京阪精密の山野総経理。あの女に煩い講釈たれの山野さんが惚れ込むのだから、確かに小玉ちゃんはいい娘だ。小玉ちゃんを見るたびに、日本にいる自分の孫娘を思い出すそうで、みんなあの娘には手を出すな、と牽制しているその割には、是非とも小玉ちゃんの初めての男になりたいものだ、と脂下がっているのですからね」

饒舌は止まらず、うんざりした表情を露骨に出しても届かない。石田先輩は谷口さんのお喋りを聞き流しながら、何度も店内を振り返り、小玉ちゃんの姿を捉えようとした。

だが、注文取りや給仕に彼女は寄り付かず、この店で一番年嵩の李さん（僕は彼女のお節介なところがちょっと苦手）が、嬉しそうに来るのだった。

「みんな、みんな。楽しくね。楽しいが一番あるよ」

と言いながら、僕たちにお冷とおしぼりを手渡してくれる。

その時、谷口さんが手酌の酒をこぼし、傍らに在った箸袋が濡れた。

「へへ、失態、失態、ご勘弁を」

と呟きながら、箸袋を丸めて座敷に捨てようとした。

それを見た先輩が、

「この店のファンとは思えませんね、まったく、あるまじき所作だ」

と責め立てた。せっかく和み始めた場が、またしても荒れ模様になる。

紅花亭の箸袋には、「いつもありがとう」「お疲れ様、ごゆっくりと」「今日も元気で」「楽しいひと時を」などが手書き文字で書かれ、小さな花の挿絵が添えられていた。時候に合わせた「暑さに負けないで」「秋風が爽やかです」「もうすぐ春節です」という文言もあり、慣れないひらがなは達筆とは決して誉められないけれど、給仕人たちが手を加えた箸袋は、石田先輩や僕のちっちゃな縁起物であり、持ち帰った箸袋で引き出しの中はいっぱいだった。

赤と紺の糸で刺した花模様の台ふきんだって、彼女達の力作だ。開店前の空き時間に拵えている。

一度、開店時間より早くに暖簾をくぐったことがある。

店の奥のテーブルで一生懸命に針仕事をする小玉ちゃんのこちらの狙い通り驚いた顔が、とても可愛らしかった。器用だね、という石田先輩の褒め言葉に、慌てて手を横に振って恥じらう姿が、今でもすぐ目に浮かぶ。

紅花亭はどこから取り寄せてくるのか、四季に合わせ、花のちぎり絵で彩りされた団扇が、さり気なく衝立に差しかけてあったり、小さな盆栽が置かれていたりした。

このささやかで押し付けがましいところがない雰囲気がお気に入りだ。もちろん、味付けが僕達の舌に合い、値段も比較的安いことが、常連になった最大の理由だが。

深圳市内で営む日本料理店には、江戸情緒や京都の風情など和風の装飾や置物で固めた店も数多くあった。現地の話題に上がっても僕達の日常とはかけ離れ過ぎて、郷愁など起きず、居心地は良くなかった。料理も高価であり、日本から視察に来た得意先を接待するとき以外は、足を踏み入れることもなかった。

これらの小物は店主の趣味ですか、と訊いたことがあった。店主は笑いながら、

「全部、嫁の仕業さ。中国人だけど、程の良さをわきまえているのは珍しいね。わしは菊や桜は性に合わないし、薔薇などの華やかな花はもっと駄目。目でも味わう日本料理の繊細な拵えができなくて、和の調理師としては失格だな。だから、この店は味で勝負だ。好きなのはかぼちゃの花。畑にとぐろを巻く蔓と大きな緑葉を寝床にして、大地にぽっかり開く大きな花びら。その黄色は上品さや細やかな情緒は全くないけれど、なんかいいなあ、って思うんだ。中国へ来て気に入ったのは、木棉花という赤い花だね。店名を紅花亭にしたのもそういう訳さ」

なるほど、いろんな感性の人がいるのだ。

「かぼちゃの花に木棉花ですか。マスターにはきっと南方の血が流れているのでしょうね」

と僕も楽しくなって、笑いあったのだった。

谷口さんは約束どおり支払いを持ってくれたが、足元が覚束ないほど酔っているのに、しっかりと領収書を請求することは忘れなかった。自腹なら株も上がるのに。自分の飲食も含めて経費で落とすなら、遠慮することはなかった。もっと高い料理を注文してやればよかった。

会社の車を呼び寄せていたようで、僕達に、これからもよろしくお願いしますよ、と馬鹿丁寧な挨拶をした後、現地運転手には打って変わり横柄な口ぶりで先行を命じて帰っていった。

まったく日本人の恥さらしだ。休日や深夜の私的な行動に対しても安全確保のため、社用車の使用許可を出している会社もあることはある。だが、待たせた運転手に礼の言葉をかけることもなく、さも当然のように驕る性分がわからない。

店を出たとき、小雨が降っていた。やれやれ濡れて帰るか、と石段を下りかけたとき、小玉ちゃんが追いかけるように飛び出してきた。勢い余って後ろにいた先輩の背中にぶつかりそうになり、あっと小さな声を発して踏み支えた。

惜しかったですね、先輩。向きが逆だったら、抱きかかえることができたのに。彼女の上気した顔が紅花亭の提灯の明かりを横から受けて、いっそう映えた。

小玉ちゃんは、ありがとうございました、と先輩にお礼を言った。

雨に気づくと、ちょと待てください、と慌てて店内に戻り、傘を一本持ってきた。これで良ければと差し出し、本当にありがとでした、またお越しください、と丁寧にお辞儀を繰り返した。

「この傘は小玉ちゃんの?」

「はい。少し古いの傘が、すみませんです」

小玉ちゃんは傘を開き、どうぞ、と恥ずかしそうに先輩に手渡そうとした。店先に傘のレモン色が飛び跳ね、一瞬、明るくなった。傘の柄を握る割烹着から覗いた白い腕が眩しかった。

「おまえと相合傘かあ。この傘の中は小玉ちゃんの香りで包まれているし、彼女が掴んだ傘の柄は、おまえには触れさせないよ」

プラスチックの柄を両手で握り締め、従って、おまえは傘の外、と言い放った。こういうところが大人気ないなあ。でも、毎度のことでもあり、

「先輩、それはないですよ。まあ、春の暖かい雨だから、我慢しますけどね」

と油断させておき、側面から、小玉ちゃんの香りは全部もらったとばかり、傘の中の空気を思い切り吸い取った。そして、大きいおならをひとつ先輩にぶっ放し、タクシーの通る大通りまで小走りで駆けていった。

いつもなら即座に追いかけてくる先輩は、振り返ると、まだ彼女となにやら話を交わしているようで、こちらを見もしなかった。

やれやれ、通りの向こうのスナックに寄ってみるか。僕は春の小雨に煙る交差点を走り抜けた。

(3)

現在、工場には約七百人の工員が在籍している。これが最盛期の七月から十二月にかけては、千二百人ぐらいまで膨れ上がる。日本人は常駐八人で、この規模の工場にしては多かった。

完成品の組立だけでなく、金型や治具・生産設備の製作、金属プレス、溶接、巻締め、塗装、めっき、シルクスクリーン印刷など、前工程と呼ばれる部品の加工部門も自前で持っているためだ。

冬物新製品の量産開始が集中する七月になれば、日本から設計陣に加え、資材、生産技術などの各部門からも応援が入り、十四、五人の大所帯となる。

その時期は、亜熱帯地方特有の猛暑と高湿度、繁忙期の異常ともいえる大幅な残業増加に加え、寮の一人部屋が一時的に相部屋となり、ストレスも増える。食事も二交替制に変わり、後番に回ればおかずが足りなくなったり、日常生活では洗濯機が空かなかったりなどの些細なことでも諍いが起きた。

幹部は工場から車で三十分ばかり離れた比較的安全といわれる地域にある警備が行

き届いたマンションに住み、会社で契約した車による朝晩の送迎を受けている。石田先輩や僕は工場の敷地の一角にある日本人寮に居住していた。休日の食事や娯楽には不便だったが、通勤時間は無いに等しく、夜遅くなってから帰りの車を手配する煩わしさもない。

昼の休憩時には部屋に戻ってシャワーを浴びたり、仮眠を取ったりすることができ、案外気楽であった。応援者の宿泊が増える時期は、ままならぬことも頻発し、いつも寮から脱出したくなるのだったが。

品質問題が起きなければ、工場は一年を通して四月の今が、唯一落ち着いている時期といえた。

ここで外地生活を送る単身赴任の日本人は、休日はテレビゲームやＤＶＤ映画に没入し、ほとんど部屋から出ず一人で過ごす者、他の日系企業の日本人とグループを作り、ゴルフ、麻雀、カラオケと懇親に精を出す連中、あるいは現地の中国人に交じり、太極拳などの演舞の教室や笛・琵琶など、古典器楽の愛好会に積極的に仲間入りする人などに分類されるだろうか。

総経理や部長連中は、日本人商工会の企画した催しによく参加していたが、僕達は中国の工場でこそ次長や課長の職位を付与されているものの、本社に戻れば一般社員かせいぜい主任クラスであり、そういった対外的な会合や催事に呼ばれることは無かった。代理で出席したことが数度あったが、他社の年配の人との付き合いは気詰まりで、以後その誘いは断っていた。

石田先輩と僕は、休日はほとんど行動を共にしていた。どちらかというと二人とも出不精で、寮の休養室で日本から持ち込んだテレビドラマや映画の録画を観たり、ビールを飲みながら他愛の無い話をしたりしていることが多かった。

前工程の加工現場は日曜日も稼動していた。部品の良否判定を求めて中国人の班長がいきなり休養室に入ってきて、結局、佳境のシーンを一時停止にして、立ち会いに行くことが少なからず起きたのには閉口した。

今日も、スポット溶接現場からの要請で、一時間ばかり立ち会いをし、昼前に戻ってきた。今から外へ食べに行くのも大儀だ、と冷蔵庫の中をあさると、ラップに包んだ散らし寿司の皿が出てきた。

これは昨晩の総経理の奥さんの自慢の料理で、酢加減が関西人の口に合い、具もしっかりと馴染んだ絶品だった。お代わりをする者が多く、残っているとは思わなかった。即席の澄まし汁を作って、早速、先輩と昼飯だ。

工員や中国人スタッフは大食堂を利用していたが、総経理を始め日本人スタッフは寮で食事を取っていた。

寮では専任の調理人を雇っているのだが、どの料理も油分が多かった。素材は日本食専門の食材店や市場から吟味した間違いのない材料を使っているはずなのに、いくら味付けに注文をつけても口には合わず、出された料理の半分以上が残る日もあった。

石田先輩や僕はそれほど苦にせず食べていたのだが、出張者の中にはわずか二週間の滞在で、五キロ以上痩せて帰る者もいた。

この二月の春節明けに、梶本総経理の奥さんが中国にやって来た。調理人のおばさんに我々の好みを徹底的に教え込んだおかげで、ずいぶん美味しくなった。奥さんに手料理を振る舞ってもらうこともあり、誰もが喜んだ。もう少し若かったらみんなのアイドルですよね、とはまんざらお世辞でもなかった。

奥さんは子供が独立し都会へ出ているので、田舎で一人きりの生活だった。鬱ぎみになり、単身赴任の夫を追いかけて中国までやって来たのだった。

当初は、全く異なる環境に戸惑い、部屋から出られず、夫の帰りを待ちわびるだけだった。通訳を雇い、少しずつ慣れるに従って笑顔も出るようになった。料理を教えることも幸いしたのだろう、潑溂としてきた。

中国へ来て十歳以上は若返ったというのがみんなの感想であり、総経理、良かったですね、奥さん元気になって、という声に、まあ、おかげさまで、と返答しつつも、好きなことが自由にできないよ、と陰では愚痴もこぼしていたようだ。

ああ、よく寝たな、と二階から下りてきたのは、塗装部の大川さんだった。工場では部長職を拝命していたが、中国人スタッフすら大川部長と呼ぶものはなく、誰もがさん付けだった。

「あれ？　冷蔵庫にあった寿司を知らないか？」

「えっ、残り物と思って先程食べてしまいましたよ。大川さんのなら名前くらい書いといてくださいよ」

冷蔵庫内の個人の食料には、それぞれ持ち主の名前が記されていた。名前がないのは誰が食べても、もちろん咎められることはない。

「ラップに名前の書いた紙を貼っていたぞ。ほら、ここに証拠の紙がある」

湿気で外れていたのだろう、大川さんが冷蔵庫の棚から探し出した紙には、確かに何か書かれている。滲んだ文字は。無断飲食厳禁大川、と読めないこともない。

「こんな悪筆で所有権を主張しても、許諾できませんよ。それに外れたものは無効です」

四十三歳とずいぶん年上だが、ひょうひょうとして先輩風を吹かすことのない大川さんには、遠慮なく反撃できる。

「やれやれ二日続きの災難だ。昨晩は断水で往生したし」

大川さんは久しぶりに髪を洗おうとシャンプーを使ったときに、頭を流そうとしたときに、いきなり断水だ。シャワーからは滴が力なく垂れるだけ。

華南地方（中国南部）では一般に浴槽はなく、シャワーのみだから、貯めおきのお湯はない。この地域の水事情は悪く、水道局からの予告なしの断水が頻発していた。

今まで何人も被害を受けている。バスタオルを巻いただけの格好で食堂まで下りてきた大川さんの泡だらけの頭を見て、慣れないことをするからだ、とみんなは笑い転げ、いたわりの気持ちもない。

ミネラルウオーターを薬缶で沸かしてお湯にするゆとりはなく、結局、そのままペットボトルを何本も頭に流して、もう風邪を引いたわ、とこれ見よがしに鼻水をすすりあげるのだった。

「原田君、食い物の恨みは末代祟る、というからなあ。覚悟しときや」

「そういわずに、今晩は紅花亭で奢りますから」

乱暴な物言いをしない大川さんには、ついほだされて同情してしまうのだ。今回は僕達に少しばかり非があるので、これは止むを得ない。

「それなら、許す」

あっさり交渉成立と大川さんは髭をしごいて鷹揚に肯いた。

「しかし、客が逃げ出し、店員もびっくりしてお盆を落とすでしょうから、きちんと身支度してくださいよ」

僕は条件を出すことを忘れなかった。

大川さんはもう一年くらい散髪をしたことがない、という噂の人だ。髪も髭も伸び放題。近くの床屋に行けば日本円で三百円程度。それで、念入りを通り越し、もう参ったというぐらい時間と力をかけて洗髪と頭皮のマッサージまでしてくれる。もっと簡便を望むなら、その辺の路上の散髪職人で四十円ほどだというのに。大川さんは、不精じゃなくこれは自衛処置、リスク管理だ、と自慢する。この風貌だと町を歩いても、金品を狙って襲う者はいない、というのだ。

確かによれよれのジャージ姿で徘徊する様は浮浪者の一歩手前で、中国人の部下は、日本人はなによりも清潔を旨とする、と思っていました、と呆れるのだった。

布団も干しているところなど見たことがない。カビの中で生活しているという話で、誰も大川さんの部屋には寄りたがらない。内部は酒の空き瓶で足の踏み場もないそうだから、入りたくても入れないわけだ。もちろん繁忙期の相部屋もこちらからお断りとなる。

日本に奥さんと小学生の子供二人を残しての単身赴任だった。

塗装はいくつかある製造工程のなかでも、設備が大掛かりで条件管理も難しく、不良が発生しやすい現場だ。専門職ということで、誰でもすぐ交代できる訳でない。大川さんは入社以来、塗装一筋で二十五年の経験を持つ技術者だった。風貌はともかく、仕事はできるので工場がなかなか離さなかった。

夕方になった。

大川さんは長い頭髪を無造作に紙ひもで後ろにくくっていた。洗いざらしのボタンダウンのシャツにジーンズ、足元はブランド物のスニーカー。痩せ型だから、割と格好いい。これならそれなりに見えるだろう。よく言えば芸術家風かな。

「荷造りひもじゃなくて、ひらひらのシュシュをすれば似合いますよ」

石田先輩が軽口を叩く。シュシュは女の子が髪をポニーテールにまとめるときに使う装身具のひとつだ。薄手の布地にゴムが入った簡単な髪飾りだが、素材や模様に数多くの種類がある。女子工員たちも仕事中はシュシュで長い髪を後ろにまとめている。

前に出逢った王姉はストレートの長い髪だった。ポニーテールにすれば、小顔に似合うだろうな。どのようなデザインのシュシュをつけるのだろうか、と夢想してみる。

「馬の尻尾じゃないぞ。これは侍仕様」

大川さんは、髭にもどうですか、と茶化した石田先輩を追いかける。まったく、四十代半ばとは思えない。

タクシーが来たというので休養室を出ようとしたとき、資材部の春野課長が現れた。

休日に姿を見かけるのは久しぶりだ。

「春野課長、食事に行きましょう。今日は原田君が奢ってくれるって。飲み放題、食べ放題ですよ。車が来ていますから」

いつもは一人で行動することの多い春野課長を、大川さんが誘った。

「奢るのは大川さんだけ。それも飲み代は別で今日の昼飯分だけですよ」

慌てて説明する僕に、

「原田君は細かいのう。それじゃ出世できんよ。総経理の奥さんの手料理の価値は、今日の一回分じゃ補えないほど、でかいからね」

なおも、大川さんは追い討ちをかけてくる。

「いいです。いいです。たまには私が持ちますから。さあ、行きましょう」

春野課長は笑って促した。


タクシーは工業団地の北側に新しく出来た片道三車線の大通りを走った。道の中央に広いグリーンベルトが設けられ、ここにも木棉花の大木が並んで植えられていた。移植のため枝の多くは落とされていたが、いくつかの花が残っている。そして、数少ない枝からは、新緑の大きな葉が芽生えようとしていた。

夏の厳しい陽差しを防ぐための街路樹は、大きな影を作る葉を持つ樹が選ばれていた。木棉花の輝く赤と大きな葉は、たくましく発展するこの街によく似合っている。

店は混んでいた。

店員は忙しそうに配膳や給仕をしている。小玉ちゃんは、と石田先輩は目で探す。どうも奥の座敷の二部屋にかかりきりのようだ。

日本人会のボウリング大会があり、その打ち上げが開かれているのだという。名前と得点、順位を読み上げるたびに、拍手と喝采が聞こえてくる。

僕達は入り口近くの席に腰をおろした。

注文を取りにやって来たのは年増の李さんだ。李さんは本日のお勧めメニューなんて一切説明しない。そのようなことは面倒くさいとばかり、

「若い原田さんは栄養あるもの食べる、一番大事ありますね」

冷奴と枝豆をと頼んだ僕に、メニューを指差して、これも、これも食べるよろしい、いいですね、とこちらの了承を碌に確認もせず、注文表に書き付ける。いつものことで、先輩達はニヤニヤしながらやり取りを眺めている。最後はすべて李さんにお任せだ、何でも食べるから美味しいもの持ってきて、となる。

「李さんは原田君の専属栄養士だからな。春野課長は日本酒でしたね。それじゃ、日本酒と生ビール三つ。馬上《マーサン》（早く）だよ」

「ありがとです。それでは、急ぎます。少々お待ち」

李さんは着物の裾など気にもせず、大またで調理場のほうへ戻っていった。

「相変わらずだねえ。ところで、水曜日には副社長が来ますね。報告会の資料まとまりましたか?」

春野課長が石田先輩に尋ねた。

「まだです。原田君からのデーターのまとめが来てないもので、なっ」

真面目な顔して遅れの原因をこちらに振ってくる。一緒にまとめようと決めていたではないですか。まったく困った性格です。

今年の春節明けは、故郷へ戻った工員の復帰率が例年に比べて低かった。工員の約六割が入れ替わり、品質不良が多発したのだ。

対策に追われ、まとめまで完了していなかった。この分だと副社長はまたカンカンだろう。

創業者である老社長は市の商工委員会や商工会議所の理事など、対外的な用務が多く、会社の実質的な経営は副社長が取り仕切っていた。

まだ、四十代後半だが、学生時代ラグビーで鍛えた体は屈強で、おまけに強面だ。数字には強く、裏付けの曖昧な希望的観測を述べる者に対しては、容赦のない追及が降りかかる。安易な妥協などはしないので、古株の幹部でも近寄りがたく、副社長の一喝には震え上がった。

中国の工場へは毎月足を運び、現場の視察と工場幹部を交えた定例の報告会が持たれていた。石田先輩も品質管理部門の責任者として、品質状況を発表するのだが、毎月この定例会の週を迎えると、体調を崩すのだった。

意外と繊細ですね、とからかうと、あの発表時の緊張には耐えられないぞ、質問が矢のように飛んでくるのだからな、月々の出張手当は、その一日の慰労のためにあるようなものだ、と胃薬の大瓶を離さない。

こんな先輩も時には骨のあるところを見せる。

工場の累積不良率が年度目標を超えていた先々月、副社長の叱責を危惧した総経理から、報告会の発表資料では数値を低く書き換えておけ、と指図を受けた。

先輩はその場で、それはできません、とはっきり断ったのだった。不良が多いのも品質管理部の責任だろう。おまえを守るための温情なのだと総経理は釈明したが、力の足りないところの指摘は甘んじて受けますと言い切った。

工場は赤字続きで不良も多く、努力、知恵が足りない、と工場幹部の揃った前で、総経理は副社長から痛罵を受ける。

工員の定着率の悪さ。役所から予告はあるというものの前日など直前の通告も多く、対処に難儀する停電や断水。修理費もままならぬ機械設備。

これらによる生産数未達に対して、総経理の説明もほとんど責任回避に終わり、数字の裏付けのないやります、頑張りますは聞き飽きた、おまえは会社を潰す気か、と一喝されるのだった。

改善策を講じるといっても、そもそも時間当たりで設定された各部門の加工費が低すぎるのだろう。

経営管理部が日本から乗り込んできて行なった精査の結果、纏め上げた原価チャージなのだが、推測するに、中国工場に利益を残さないよう操作されている、としか思えない。僕達には税務事情は詳しく知らされておらず、詳細は不明だったのであるが。

無駄を無くせ、と僕達スタッフは工員の背後から、ストップウオッチを持って作業のタクトタイムを計測する。

本社側の考えでは、工員はすぐさぼるというが、それは先入観だろう。彼等は自ら創意工夫する精神には欠けるところがあるが（これは工員にはあえて提案として要求しなかったためだ。彼らなりにいろいろ工夫しているところも窺えた）、受けた指示はよく守り、長時間残業も厭わず懸命に働いている。

計画遅れは慢性的になってはいるものの、日本への出荷が大きく滞っている訳ではない。工場の生産で問題を起こすのは、ＯＥＭ先からの発注の度重なる変更や日本からの部品供給の遅れ、通関トラブルなど、工場の責務外が結構多いことによると思えるのだ。

「はい、お待ちどさまですね」

　李さんが飲み物と突き出しを持ってきた。

「遅いなあ。夜が明けるかと思った。今日は飲み放題なのに」

「いえいえ、夜はこれからたっぷりありますよ。それじゃあ、乾杯しましょう。今日もお疲れ様でした」

　せっかちな大川さんに、春野課長は大陸的な悠長さで返す。深刻な顔も、乾杯のこの時はみんな和んだ表情になった。

　次々とお勧めの料理が運ばれてきた。

「どれも美味しくて栄養満点。原田さん、しっかり食べるいいね」

　李さんは自慢顔で大皿を手渡してくれた。

　話題は仕事から家族のことに変わった。

「子供の春休みには帰れなかったし、夏休みも長く帰っていません。宿題の絵日記帳に書くことがない、と子供から手紙が来たときは、情けなかったです。課長のところは？」

　春野課長に酒を勧めながら、大川さんが訊いた。

「うちは子供が三人で大変です。高校生、中学生と子供がやっと大きくなり、楽になったかと思うと、今度は親父が弱ってきたので、その介護に嫁さんが参ってきています」

「家族は傍にいるべきですね。深圳市にはもうすぐ日本人学校が出来ると聞いたけど、それもなあ」

「家族は香港に居住して、そこの日本人学校に通わせ、自分は中国で勤務する駐在者も多いですね」

「思春期の気持ちが揺れるときに、見守ってやれないというのは、仕事のためとはいえ、一生文句を言われるでしょうね。ところで、石田君や原田君はどうするの。日本ではもう君たちの仕事がないよ」

と大川さんが振ってきた。

「これからの人は、こちらでいい人を見つけて結婚するほうがいいと思いますよ」

春野課長も諭すような口調で付け加えた。

「日本へ帰って相手を探して、なんてのんびり考えていたら間に合わないぞ」

大川さんは、この豚キムチ旨いなあ、と自分の前に皿を移し置きながら、本日の金主様に対する親愛なる忠告その一だ、と声も大きくなった。

「別にのんびり考えている訳じゃありませんけど。そんな、間に合うとか間に合わないとかじゃ、まるで生鮮食品の賞味期間のようですね。僕は開封後、三日以内ですか？　恋愛って、時に関係なく、いつだってこの人だと胸が震えたときが始まりでしょう？」

「それは出逢いが豊富にある人の言う台詞だ。ここでは擬似恋愛はごろごろしているけれどな。震えようと震えまいと、まず始める。その意志は勢いがないと駄目だよ。ほらうちで作っている石油ストーブには百ガルから百九十ガルで作動する感震器が装備されているじゃないの。君の錐を倒し、一瞬で思考停止・忘我の状態にする娘だよ」

　僕は王姉を思った。確かに一目で魅了されるものがあった。でも、彼女には日本に恋人がいるというし。どうこうできるものでもない。

「ゆっくり熟成する恋があってもいいのではないですか」

「君、君、急いで恋をせよ。青年よ、持ち時間は有限なり、だよ」

「そう、若い人達への忠告ですね」

　春野課長も顔を赤くして話に入る。

「大川さんはもう恋はいいのですか？　奥さんとまだまだ熱愛中ですか？」

「わしは繁殖という生物に課せられた任務は達成したから、あとの人生、酒さえあればいいの」

　大川さんは、私は二合までという春野課長に、もう少し付き合ってくださいよ、夜は長いと言ったじゃないですか、とにじり寄り、酒追加、と調理場に向かって叫んだ。

ボウリング大会の打ち上げは、まだ佳境が続いていた。その日は小玉ちゃんと一言二言の話ししか出来ず、先輩は面白くない顔で店を出た。

(4)

三月も三週間ばかり過ぎた頃、ようやく、本社からグリルロースターの金型発注用図面が届いた。

今期の新商品のなかで最も開発ランクの高い製品で、魚はもちろん、菓子類まで調理できるという。マイコン式の最新鋭機だ。

従来からある上蓋を開くシェルタイプの電気フィッシュロースターではなく、ガスコンロにある魚焼きのような引き出しタイプの斬新な構造で、得意先の太平洋電機が企画・デザインしたものだった。昨秋、数社の競合に勝ち残り、三山電器が受託した。すぐに本社技術部が設計を開始したものの、デザイン変更で設計見直しが度重なった。また、変更による見積価格の上昇が得意先の指値に合わず、当初の開発計画からすでに二ヶ月近く遅れていた。

本社から設計担当の河原さんと上司の永野係長が商品説明のため来中し、連日、検討会がもたれた。

工程分析の詰めと金型の最終発注先決定、購買部品の仕様最終確認などの打ち合わせが深夜に及んだ。製造部や生産技術部、資材部が中心メンバーであったが、僕達の品質管理部門も招集された。

会議では説明のため、プロジェクターで三次元図面が映し出された。彩色された立体的な各部品の可動部や嵌合は、画面上では完璧な設計であるかの印象を受けた。

だが、同時に配布された二次元図面には、寸法許容差や抜き勾配など詳細がまだ記載されていなかった。

これじゃあ、設計の狙いがどこにあるのかわからんぞ、わしらは部品をどう管理したらいいのやら、図面と違い、部品というものには直線や平面は存在せず、必ず反ったり捩じれたりと、暴れ歪むのだからな、と製造側からは文句たらたらだった。

これで受けてしまったら、後はすべて工場の責任になってしまいますよ、と総経理に具申してはみるが、すでに副社長より、なんとかしろ、という厳命が届いていたようだ。

総経理は苦りきった様子で、そこを何とかするのが我々工場の使命だ、と言うばかり。できない理由を言うのは簡単だ、そこをどうすればできるのか知恵を出すのが君らの任務だろう、と一つ覚えのいつもの理屈で説教する。

若い設計者の河原さんは、

「申し訳ありません。工場にはご迷惑をおかけしますが、とにかく納期があり、得意先から重々言われていますので、なんとかお願いします」

と頭を下げて懇願した。永野係長も再度この商品企画の背景を説明し、一緒になって頼み込む。

「これで量産開始時期は変更なしとはね。地獄の六月・七月、決定だな」

秋刀魚の季節に発売を間に合わせるため、遅れはままならぬ、八月二十一日の販売店導入厳守、との本社からのお達しから逆算して、七月下旬の工場出荷は必須だ。

「いつもしわ寄せは、工場に来るんだよな」

石田先輩は身の不運を呪うように、会議資料を乱暴に丸めてテーブルに叩きつけた。

「こう毎日夜十一時を過ぎるようではたまらんな。按摩に行こうや」

石田先輩は肩がこるような筋肉がどこにあるの、というぐらい痩せっぽちなのに、肩がこった、肩がこったといっては、マッサージ屋に出かける。

繁華街から離れたこの小さな工業団地には、娯楽を提供する店はなかった。工場内にも福利厚生施設などは設けられておらず、マッサージが格好の気分転換と時間つぶしだった。夜中でもタクシーを呼び、頻繁に出かけていた。

特になじみの娘がいるわけではないようだ。どこそこに新しく開店した、と聞けばいち早く赴き、あそこは雰囲気が悪い、どこは丁寧で上手な娘がそろって四つ星クラスだな、と評価を下し、この地域にある店にはすべて通ったと豪語していた。

国家資格を取得した本格的な按摩師が相手をする店ではないので、技量は当たり外れも多いが、日本円にして一時間三百円程度という安さが魅力だった。もっとも僕なんかはビールを飲んで行けば、昼間の疲れからマッサージが始まるや即座に寝入ってしまう。はい、時間です、と揺り動かされ目覚めては、ああマッサージを受けていたんだ、と我に返る体たらく。なので、腕前もよほど下手でない限り、気にもならなかった。

マッサージの前に紅花亭に寄りたいという先輩は、何か細長い段ボール箱を大事そうに抱えていた。

それは何ですかと訊ねる僕に、秘密、秘密、となにか嬉しそうにするのだが、白状しなかった。

桜模様に絵柄が変わった暖簾をくぐると、

「いらーさいーませー」

すかさず、お出迎えの明るい声が飛んできた。この少しアクセントのたどたどしい発音と笑顔に癒される。疲れを飛ばすには、こちらのほうが断然効果ありだ。

「今夜お薦め、かんぱち刺身。活きのいいの入っています」

座敷に膝をつき、お勧めの一品料理が書かれたメニューを紙芝居のように胸に抱いて指差した。

「ああ、一度でいいから、今夜のお薦めは私です、と言ってくれないかなあ」

とつぶやく先輩に、思わず笑うと、

「えっ、私、なにかおかしなこと言いましたか？」

真剣になって尋ねてくる小玉ちゃんだ。

「いやいや、とりあえずそのかんぱち二人前と生ビール」

怪訝な顔つきで注文を復唱し、ありがとですね、とすぐ笑顔に戻り、調理場へ戻っていった。

たちまち、ジョッキを二杯空けた。追加注文を確認に来た小玉ちゃんに、先輩は、

「この前はありがとう。これを受け取ってください」

細長い箱から取り出した物はきれいな包装紙で包まれて、黄色いリボンがかけられている。

「なんですか」

小玉ちゃんに代わって、思わず訊ねてしまう僕に、

「おまえには用はないの」

とあっさり冷たい一言だ。

「あのう、何でしょうか。開けてもいいですか」

「もちろん」

と先輩の甘い声。まったく露骨に声の調子を変えなくてもいいのに。

現れたのは女性用のブランド物の傘だった。

「この前借りた傘の代わりです。これを使ってくれないかな」

なんと、石田先輩、プレゼント攻勢に出たか。これで十ポイント獲得かな。

「こんな高い傘、私、受け取れません」

遠慮し、困惑する小玉ちゃんに、

「高くないって。偽物じゃないけれど」

押し付けるように手渡した。思いがけぬ贈り物に、感謝の言葉がうまく言えないのがもどかしそうで、でも、嬉しそうな顔を見ると、こちらまで頬が緩むのだった。

「ところで、お姉さんはお変わりないですか?」

僕が最も聞きたかったことだ。

「はい、元気です」

「それは良かった。仕事も変わりない?」

「はい、でも日本へ行きたい。行きたいと言っています」

これは聞きたくなかった。分かっていることとはいえ、ちょっと気落ちした。

彼のいる日本へ。しかし、いくら逢いたいと願っても気軽には行けないのだ。

費用もさることながら、パスポートやビザの審査が厳しく、容易に渡航許可が取得できない国柄だ。

日本への研修生・実習生は本社が身元を保証し、滞在期間中は責任持って管理するという誓約書を入国管理局に提出して、日本側の受入許可が出る。

いずれは緩和される時期もくるのだろうが、現行では恋人が重病になって入院したとしても、すぐに見舞いにも行けないのだ。ひたすら帰国を待つ身となる。

中国でもようやく携帯電話が普及してきたが、まだまだ機器も通信費用も高額で、一般の工員では手が出せなかった。工場でも個人で持っているのは、課長クラス以上の者だろう。

「姉の希望、今年中に携帯電話持つことです」

そうすれば、僕からも連絡が取れるようになれるのか。勤務先の電話番号を聞いていない今は、彼女への連絡手段がない。小玉ちゃんを通じてしか、姉の様子を聞き出せない。

これは横恋慕というのだろうか。でも、こうして僕が想いを寄せていることに、姉は気付いていないだろう。気付くどころか、あの時以来、会ってもいないのだ、考えもしていないだろう。

けれども、彼女はいつ知らず僕の時間に忍び込み、そばを離れずにいた。少しずつほのかなうす緑色に匂う時間となって、僕の周りを柔らかくただよっている。

そして、既に憧れを超えた想いに交錯するとき、その柔らかさには鋭い鉤が生まれたかのように、知らぬ間に僕の心に小さな引っ掻き傷をいくつもつけている。

製品検査のひとつに、外観部端面の危険度を調べるエッジテストがある。手が触れる可能性のある各部に煙草のフィルター部分を5Nの力で押し付け、引っ張ったとき、フィルターに傷が付かないことが合格の判定基準だ。シャープエッジなど際どい危険なものは要注意レベルとして管理する。

彼女の匂いは、もう要注意レベルAになろうとしていた。

（5）

静かな事務所だった。

本社は今日からゴールデンウイークの長期休暇に入っていた。普段は切れることのない電話の呼出し音やファクシミリの紙を吐き出す音が途絶えている。

事務員は思い出したように時々帳簿を捲ってはいるが、視線はどこを漂っているのだろう、おそらく明日の日曜日、続いて五月一日の労働節（メーデー）の連休中の自分の姿に違いない。そこかしこで必ず起きる賑やかな口争いも、今日はどこにも見当たらなかった。

この土曜日を休めば三連休となり、それなら小旅行も可能だ。二連休の場合、一日は部屋の掃除や洗濯、嗜好品の買い出し等で潰れてしまい、結局、遠出は難しい。隣の町の開発地域に新しく出来た日系の大型ショッピングモールに出向く程度で終わってしまう。

日本の土曜休みが羨ましい。

中国工場に転籍となった常勤の日本人スタッフは、春節には三週間近い休みがあるので、その埋め合わせに土曜日の出勤が月二回と増える。長期滞在スタッフは、それで年間の勤務日数の辻褄が合っている。

僕のような短期の応援者は（短期といっても名ばかりで数ヶ月が当たり前だ。おまけに帰国願が総経理に受理されないと、帰ることもできない）、日本のカレンダーでの勤務になるのだが、工場に来れば現場は動いている。

土曜日に休めば、いい身分だのう、と皮肉の矢を浴びるのがおちだ。無理に休んだところで落ち着かない。問題が起きれば、工場外に避難していても呼び戻されてしまうからだ。

なぜか品質問題は平日には発生せず、日本本社と連絡の取れなくなってしまう金曜日の夕方六時（日本では七時）から土曜日にかけて起きるのだ。

また、平日は生産ラインや外注先の立ち会いに忙しく、データー整理や報告書作成など、パソコンに向かってのデスクワークはどうしても土曜日となってしまう。そこで土曜日出勤が常態化してしまう。

帰国後、休日出勤分を振り替えてどうにか消化しようとするのだが、貯まった休暇の日数は少なくない。出張ご苦労様でした、と感謝されての取得とはならず、やはりどこか遠慮しながらとなる。

総経理からは、もう、おまえはこちらの人間としてやっていけ、工場に欠かすことのできない存在です、と転籍依頼を副社長に直訴してやろう、神経細胞以外の人間の細胞は、三ヶ月もすれば入れ替わるというそうじゃないか。原田君は全身もう立派に中国製の物質でできた細胞を持つ人間になっている。今度帰国するときは、ＭＡＤＥ　ＩＮ　ＣＨＩＮＡの原産地証明の札を下げて帰るように、と散々言われるのだ。

休日出勤となる土曜日は定時で仕事を切り上げようとしたのに、ラインは部品不良で生産が遅れ、電気ストーブ完成品の出荷検査に手間取ってしまった。

すでに今年の冬に向けて、電気暖房機器の生産が始まっていた。昨年の継続製品で、不具合箇所は今期生産開始前に徹底的に改善されたため、再開時の苦労はほとんどなかった。だが、得意先からの指示により、改善効果の検証のための温度データーの計測箇所と検査台数が大幅に増えた。

検査員増員要請はまだ認められておらず、作業量の負荷増大で、人と時間のやり繰りに苦慮していた。残業でこなそうとしても時間外労働には上限があり、超過すると目を付けられる。

これではできません一本やりの中国人課長と人件費抑制を求めてくる会社側の間に挟まって、石田先輩や僕は切れかかっていた。

営業部を通じて、得意先へ追加検査分の費用負担の要望書を出そうと画策をしていたが、まだ解決につながる確かな進展はなかった。

「もちろん検査を増やすのは本意じゃない。全数保証の仕組みを構築してもらえればいいのですよ。もともと、不良要因が設計や製造の問題であるからには、御社の社内で解決すべき事ですからね」

得意先は手厳しい回答を平然と寄越していた。

「こちらの設計・製造原因であっても、得意先へ図面を提出し、その最終承認のうえ生産に入ったからには、得意先にも一部負担してもらうべき、と窓口の営業部からも強く主張して欲しいのですが」

石田先輩は何度か本社へ督促の電話をしていた。だが、一向に埒が明かなかった。

「もっと担当者が音を上げるくらいプッシュしてくださいよ。押しが甘いなあ」

女性に対しても同じですね、とここは聞こえないようにして、大げさに嘆くと、

「じゃあ、おまえからも頼めよ」

「そんなこと無理です。僕は一介の平ですよ。しょぼこい平目」

本社のいかつい営業課長の顔を思い浮かべて、尻込みをする。

「平目もカレイもあるもんか。上司をしっかり補佐できたかというのが勤務評定の項目にあるんだがなあ、原田君、わかっているか」

先輩は横目でねっとりとした視線を飛ばしてきた。

もう、脅さないでくださいよ。僕はいつでも先輩の味方なのに。

本社技術部は、図面や仕様書どおりに工場が生産しなかったためだ、と言い張るし、工場は、無理な設計を押し付けられた、変更を申し入れたが、納期に急かされて作らされてしまったからだ、と責任を転嫁しようとする。あげくに、君たち品質管理部が製品の品質をしっかり管理していないからこうなったのだ、と各部門からの矛先が束になって向かってくる。

その切っ先に防御できるような盾は持ち合わせておらず、結局、発言力の弱い部署が泣きをみることになる。まったく、権限は少なく、責任ばかり多くて重い部署ですよね、と愚痴って終わるのはいつものことだった。

先輩と僕は温度計測の応援に入り、本日分の検査は十時過ぎにようやく終了した。遅くなったので、たまには慰労を、と出荷検査担当の連中と食事に出ることにした。

工場を出て三分も歩けば工業団地の大門だ。そこを抜けた大通りには、工業団地の工員を当て込んだ地元の食堂が並んでいる。

東北料理、四川料理、普南料理、潮州料理。地方名を記した赤提灯が郷愁を競うように揺れ誘う。

今日は大人数だし、もう少し安いところにするか、と僕達は大門から百メートルほど離れた路地に並ぶ露店へ足を伸ばした。

角の小間物店の店先に設置された客引き用の街頭テレビには、多くの制服姿の工員達が集まり、数台並べられたビリヤードの台も興じる者達で騒がしい。

その店を曲がると、ざわめきが一段と大きくなった。

流れてくるのは中国で最近人気のある若手歌手の大音声だ。洪水のように渦巻く路地には、テント張りの店が両脇に隣り合って隙間なく並ぶ。

早くも切り身のスイカを並べた果物屋。どこから調達してきたのかTシャツやズボンを、所狭しと吊した中古衣料店。流行品をまねた安物の靴やサンダルを並べた履物店。古い手回しのミシンを一台置いた衣類修理店。安物の髪飾りや指輪など装身具をぎっしり並べた雑貨屋。その中でも、とびぬけて人集りが多いのは、やはり飯屋の前だ。

呼び込みの声をかけながら、店頭の鉄板で汗まみれになって炒める調理人。唾も汗も調味料のうちかと恐れをなし、また今度ね、と前を素通りしたくなるけれど、裸電球の照明の下、油が飛び散る山盛りの肉と野菜。数々の輝く照りと湯気とともに、周囲に満ち溢れる大蒜の強い匂いが一緒くたになって、胃袋を鷲づかみにくる。この無作法なまでの誘惑にはとても勝てたものでない。そしてなにしろ安いのだ。たらふく飲み食いしても、日本料理店の五分の一程度だった。

さあ、食べよう。飲食は若い工員達の最大の楽しみだ。そして、みんな酒が強い。ビールでは追いつかなくて、白酒を飲みだした。高粱を原料にしたアルコール度数五十度を超える蒸留酒。中国へ来たばかりの頃は、幾度これで轟沈させられたことだろう。盛んに勧めてくる彼等を適当にあしらいつつ、肉に箸を伸ばした。

うーん、得体の知れぬ肉だ。豚だろうか、それとも赤犬だろうか。牛は水牛が多い。水牛は滅法硬く、嚙み切るのに一苦労する代物で避けるのだが、ここの屋台では注文どおりに出てくるかは怪しくて、ただただ肉として食するしかない。

仕事の話になった。

工場のコンクリートの床にすぐヒビが入る。重いフォークリフトが走るためでもあるが、補修しては防塵塗料を塗ることが度重なった。あちこちの床は新築後三年も経たないのにがたがただ。

検査室の床も傷みが激しく、石田先輩は営繕に修理を掛け合うよう、課長に命じていた。その進捗を問い質したとき、

「中国製のコンクリートはやっぱり駄目だな」

と冗談めかして軽口をたたいた。

それを聞いて、課長は唾を飛ばして猛然と怒りだした。

「中国製がすべて粗悪品じゃないです。日本製と変わらないのも多くあります。いい物から良くないのまで種類がいっぱいあるのです。それなのに、高い物を避け、安物を選ぶ日本人が悪いのです。品質と価格は比例する。そんなの当たり前じゃないです

か」

課長の主張にも一理あった。

日本での販売品は、国や業界が決めた品質基準が設けられており、最低限の満足は担保されているといえる。

ところが、この地で物を買うのは厄介だ。繁華街にある大きな店でも、紛い物が店頭に堂々と陳列されていることがある。品質を見極める目を持っていればよいが、つい値段に気を取られての銭失い、となってしまう。

「わかった。わかった。中国の懐の深さには感服するばかりだ」

先輩が謝って、場は収まった。

みんな自尊心はすこぶる強いのだ。信頼関係が築けるまでは迂闊なことは言えないが、彼等の発する言葉には裏表がない。物言いはきついが深読みする煩労はないので、付き合いやすいとも言えた。ただ、事の可否や良否を性急に断定しようとする彼等に、その間の微妙な状態を説明し、理解させることには苦労していた。

ほろ酔い気分で店を出た。川べりで夜風に当たろう、と歩を進めたとき、路地裏から二胡の音色が流れてきた。

その短音階の旋律はゆっくりと夜を漂って、先程までのざわめきを消し去り、心を揺さぶってくる。石田先輩が立ち止まった。

「どうしたのですか？　飲み過ぎですか？」

と訊ねても、先輩は一言も口をきかなかった。

ははん、これは小玉ちゃんを思い出しているな。

今頃は紅花亭の仕事を終え、宿舎に戻っていることだろう。疲れた体を労るように横には姉がいるだろう。姉も寝入って日本にいるという誰かの夢を見ているのだろうか。それとも、恋人を慕う眠れぬ夜を過ごしているのだろうか。先輩の横で、僕も立ちすくんだ。

二胡を奏でているのだろうか。それとも、その時間も惜しんで、ただただ眠りこけているのだろうか。

彼女の人を恋う想いはうす緑色の匂いとなり、しなやかな体から醸し出される。二胡の旋律が、生まれたばかりのその匂いを運んでくる。その想いが彷徨って、僕の内に入るとき、他の男を想う不純物は省かれ、彼女の結晶だけが心の襞に積み重なる。音色は僕の心の襞に彼女の匂いを染めて、消えることなくいつまでも、か細い微振動を続ける。

（6）

五月の終わりの日曜日。午後から華南地方の雨季特有の天候となった。いきなり厚い雲が空を覆い、暗くなった街に横殴りの大粒の雨。雷鳴がとどろき、何本もの稲光がほぼ真横に走る。約二～三時間に及ぶ派手な天体ショーの始まりだが、寮の窓から遠望している分には身がすくむこともない。

こんな襲来ぶりでは雨に因んだ恋の歌も生まれないだろうなと鬱屈した想いで眺めていると、

「大変だあ」

大川さんが慌てて屋上へ走った。

「珍しく洗濯などするもんだから」

と食堂にいたみんなは同情の欠片もない。

外出していなくて幸いだった。

今日の昼は冷蔵庫にあった冷や飯に卵と残り物の野菜炒めをぶっこんだ炒飯で、料理を苦としない春野課長の簡単お勧めメニュー。

紅花亭に行きたいけれど、月末で誰も所持金が乏しい。店主は、つけでいいよ、と言ってくれている。だが、石田先輩は現金払いが信条だから、甘えることは決してしないのだ。

そこへ、

「さあ、さあ、差し入れ。差し入れ」

と、生産技術部の小橋さんが持ち出したのは、日本からの手土産に持ってきた純米酒の大吟醸一升パック。それもじつに二本もだ。もう湯呑の麦茶には見向きもせず、四人はグラスを持って待ち構える。

小橋さんはグリルロースターの量産に備え、専用設備や治具の製作のため、三日前に来た六十歳前のベテランだ。腕はお墨付きだが、何しろ話が長い。治具の修理のため緊急の相談に行っても、

「おっ、これはわしが製作したものじゃないか。まあお座り」

このままあお座りが出ると、もう離してもらえない。

図面を引いた時の苦労から、そうそう技術部には最新のＣＡＤ（Computer Aided Design：コンピューターの支援による設計）システムが導入されたが、相変わらず小橋さんの作図は手描きだ。トレーシングペーパーを製図板に取り付け、羽箒で清める。製図用鉛筆を削り、芯を整えるときが至福の一時だという。手描きでは修正や変

更が大変じゃないですかとの声にも、大変だからこそおろそかに出来ないと気合が入るのだ、モニター空間の実線や破線などは架空の幻のようなものだ。自分の手から生み出したものでないと魂がこもらんという昔気質の人だ。既に頭の中に出来上がっているものを形にするだけなんだから、修正もほぼない。

三山電器の図面には『図面は実測しないこと』と注記にある。図形を描き直すのは時間を要することから、寸法だけを変更した図面も見かける。そのような図面に定規を当てて寸法を確認すると大変なことになるが、わしの図面はそんなことは全くないと壮語する。

図面を保管するキャビネットには、古文書のような色褪せた青焼き図面が大量に保管されている。部外者が目的の図面を探し出すのに苦労するのだが、小橋さんは検索の目印もないのに難なく取り出すのだ。

もっとも、図面など広告チラシの裏にフリーハンドで描いて、治具が完成すれば、チラシはゴミ箱行き。要点は全て頭とこの手に入っているという職人も昔はいたという。小橋さんのいう昔っていつのことだろう。

小橋さんのことを説明しようとすれば、こちらもつい長くなってしまう。

図面を引いた時の苦労から、の続きである。新案特許に値すると自分で言う自慢の工夫など三十分は能書きを拝聴しないと本題に辿り着かないのだ。おまけに中国工場では通訳が入るので、ますます長くなる。中国人スタッフは呆れているばかりだけど、それでもなんだか憎めない。

テレビから流れる歌番組の中国の流行歌は雷で電波が乱れ、よく聴き取れないままに、みんなはお互い工場内の噂話に話を咲かせる。

馬鹿話にもうひとつ乗れなかった僕は、抜けて部屋に戻る機会を窺っていた。さてと、と腰を上げようとしたとき、

「いやに難しい顔をしているやないか」

小橋さんが話しかけてきた。

「恋の悩みか？　そんなことはないよな」

にやりとしたその顔に、

「そんなことはないよなって、そんなこともありますよ」

僕は不貞腐れて文句を言った。

「おお、相手は誰だ。同じ職場の娘さんかい？　聞かせてもらおうかの。朝までは長いわ、まあ一献いかがじゃ」

やれやれ、小橋さんには敵わない。座り直して、盃を受けた。

「その女性には相手がいるし……」

つい、洩らしてしまった。

「なんと道ならぬ恋か。それは辛いな。恋のお悩み相談士としてはだな、一言アドバイスをして進ぜよう」

小橋さんの一言は百言ばかりが相場だ。その上、酔いが後押しをして、これではいつ離してもらえるやらだ。

「うまくいかない時は、なぜなぜ五回じゃなかったかな。君は品質管理だろう？」

眼前に五本指を広げ、場違いなことを言う。

そりゃ、僕は品質管理を担当している。でもQC検定の3級には合格できなかったレベルだし。それに人の行為の行き詰まりと物の不出来とを比較するのは筋違いで、僕の気持ちに対する冒瀆だと思うのですが。

小橋さんが言ったなぜなぜ五回とは、不具合が起きた時、その原因を追及する手順というか心構えだ。

製品で不良が発生した。作業者が失敗したのが直接の原因だ。それは作業者が作業の要点を飲み込んでいなかったことによる。対策として、作業者教育を再度行なって失敗を防止します、以上。で終わりがちだ。

だが、そのような上っ面ではなく、作業者の失敗をなぜなぜで追いかければ、往々にして設計問題まで行きつく。

家電製品内部の配線は金属部を這わすことも多い。板金プレスの場合、せん断加工では、材料から形状を抜く時、その端面にはせん断面と破断面ができる。パンチが入る表側はダレるが、裏側にはバリあるいはカエリと呼ぶ尖った形状が発生するのだ。その小さな金具の取付方向を作業者が誤り、リード線が這う方向へバリ面が出た。抜取検査で発見され、その日の組み立てたロットは全数検品をする羽目になった。

「図面には取付方向の指示を記載しております。それを守らなかった作業員の責任です」

その金具を設計した技術部員は、いけしゃあしゃあと弁明したのだ。

「そんな、縮緬雑魚の雄と雌を見分けるような作業をさせるな」

総経理は激怒して、おまえはすぐ日本へ帰れ、と怒鳴りつけた。

人間のすることにはいくら注意しても、間違いがつきものだ。おまけに十時間も同じ単純作業を繰り返し続けるのだ。端面に逆付けができないよう形状に工夫したり、楽に正しい位置合わせができるよう案内を設けたりするのが、親切な設計者であり現場に優しい愛情の籠った図面だ。プレスの工程は増えるが端面を全周折り曲げる方法もよく用いられる。全く技術の継承が出来ていないではないかと思うのだ。

そういう僕だって、石田先輩からは、傍らで見て覚えろという指導だ。検査室の本棚には品質管理手法の難しそうな本が何冊もある。

中国語と日本語のその蔵書も読みこなしてこそだが、石田先輩が手に取っている姿など目にしたことがない。石田先輩、今後の指導よろしく頼みますよ。

そしてなぜなぜだが、やみくもになぜなぜを続けても無駄が多いので、４Ｍという要素から考えていく。Man（人）・Machine（機械・設備）・Material（材料）・Method（方法）。これに加えて、Measurement（測定）・Management（マネジメント）を加えて６Ｍという場合もある。

僕と王春玉の現状を分析すれば、人：これは問題ないだろう。いや彼女には恋人がいる。僕の弱気はちょっと難ありか。また二人の仲立ちをしてくれる人がいない。機械はどうだろう。二人をつなぐ電話がない。恋の成立に向けての材料は、僕の持て余す気持ちだけだ。方法となれば、手紙は出す宛先がわからない。小玉ちゃんに渡せば、想いは伝わるだろうか。その他の方法なんて経験不足の僕には考えつかない。これでは全く駄目じゃん。

小橋さんの話は続いた。

「だが、辛いことも恋の花。誰でもな、そんな想いを重ねているもんだ。人間はね」

「ええっ、人間ですか？　人間とはまた大きく出ましたね」

話がどこへ行くのかと僕は腰が引けそうになった。

「そうよ。今日の酒の美味いこと。これが人間の思想の器を大きくしてくれるのだ」

話が切れるのは、酒を勢いよく呷り、おお、もったいないとこぼれた口元を拭うときだけだ。

「誕生のお祝いに、幸せの袋と苦しみの袋を両肩に携えてこの世に出てくるんだ。袋はみんな似たかよったかの大きさだのう」

「でも、そんなの何も感じないですよ。ちっとも重くはないし」

　反論にも動じることなく、

「君、君。この星の地表に生きとし生けるものすべて、一平方センチメートルに一キログラムの圧力がかかっている。君の頭の直径は二十センチメートルくらいか。何が詰まっているかは知らんけど。とすると、円としても約三百キログラムの荷重がかかっていることになる。また地球は自転しているが、ここらは赤道に近いから、その時速は約一千七百キロメートル。ましてや公転なら時速十万七千キロメートルだ。そんな速さで回っているのに、何も感じないだろう。元々あるものには何も感じない。関心もない。当たり前の奥にあるものを見ようともしないのだ」

　そしてまた一口、酒で口を潤おし、

「だが、何も感じないその袋の質にはピンからキリがあってね。本来は、幸せを貯める袋は緻密で、日常に摩耗したものもていねいに繕っていけば、継ぎ接ぎだらけでもいつまでも丈夫なもんだ。一方、苦しみを貯める袋は目が粗い。適当にこぼれて残らないように配慮されているんだな。でも、そそっかしい奴は一生懸命に、苦しい方の袋を補強しているんだな。原田君なんて、思うに苦労の袋も幸せの袋もごった混ぜだろう。いやあ。そのいい加減さが実に良い」

どういう話の結末だろうか。全く褒められているのか貶されているのかわからない。

「その袋の問題が、僕の恋とどう結びつくのでしょうか」

「君は成就できそうもなく苦しいという。それに囚われ袋が重くなる。身動きが取れなくなる」

いつの間にか、石田先輩も耳を傾けている。もう助けてくださいよ。

「だが、苦しいとね。袋から余分の苦しみが滲み始め、赤い糸は化学反応を起こして黒く変色する。試練というべき苦しみなら赤の純度は上がる。その変色具合を占って進ぜようかのうと思ってな」

「昔むかし、幸せ袋と苦労袋という二つの袋がありました。そんな古めかしい昔話を、どこの骨董屋から仕入れてきたんでしょうか。無理やり良く言えば何か偉いお坊さんの説話のようでもありますが」

精一杯の皮肉で返すと、

「そうだ。ありがたい話だ。拙僧にお布施をどうぞ」

空いた湯呑を掌に置いて差し出してきた。

「もうっ」

湯呑を外し、小橋さんの掌を思い切り叩いてやった。

「しかたない。初回は無料サービスだ。次回から缶ビール一本お願いね。しかし、この話はおっかさんの遺した話なんだ」

「お母さんは亡くなられたんですか。若い頃ですか」

「いや、どこかで生きているかもしれないが、亡くなったことにしているんだ」

小橋さんは突如遠い目で、窓外の敷地境界線に植えられたライチの木を見やった。その大きな木には、もうすぐ食べごろの丸い実が鈴なりになって、雨上がりの夕陽に輝いている。

来週は六月。昨年からの品番変更のみの電気ストーブ三機種は立ち上がった。残るは大物のグリルロースター。そして帰国まではあと、四ヶ月。

「おーい。酒がないぞ」

大川さんが叫んだ。

「確か、今回、副社長が差し入れてくれた一升瓶がありましたよね」

と石田先輩。

「台所の食器棚に仕舞ってありますが、やはり総経理の許可がないと……」

僕が躊躇すると、

「いや、構わない。みんなで飲んでくれとのことだった。わしが許す」

大川さんが大きく出て、舞台袖から一升瓶二本のお出ましだ。

冷蔵庫の中はすっかり空になるやら、非常食の缶詰は無くなるやら、最後には品管スタッフの劉さんが故郷の土産ですとくれていた、団子虫の親方のような得体の知れぬ佃煮も登場し、宴の舞台は夜半まで続くのだった。

(7)

六月一日。予定より二日遅れてグリルロースターの試作組立が始まった。工場の仮設ラインで、計画は三十台だ。昨日の午後四時からドア周りの前組立を開始したが、受入検査を素通りした部品に、穴位置の間違いが発見された。

修正を試みたが手間取るばかりで満足なものとならず、再加工の破目となった。

外注先にすぐ指示しろ、との梶本総経理の怒号に、外注先は試打用の材料がないと言うてますわ、と資材部は張さんのつれない答えが返る。

瞬間湯沸かし器の異名を持つ総経理は、張さんに向かっていきなりファイルを投げつけた。

「何が何でも手配しろ」

慌てて、張さんは資材倉庫からかき集めた材料を持って、外注先へ走った。

今朝早くに到着したその部品を運び、組立再開。ようやく、午後三時に終了した。

日本へ送る二十台を十分な検査をする余裕もないままに梱包し、待たせておいたDHLの配達員に託す。これでなんとか夜中に香港空港を飛び立つ貨物便に間に合わすことはできた。

到着した製品を見て、日本からはきっと山ほどの問題を浴びせてくるだろう。それは承知のうえだ。とにかく今日のノルマからは解放された。

工場では翌日、第一回試作問題点対策検討会議という表題だけではなく、時間もうんざりするほど長い会議が始まった。

技術、製造、品質管理、資材など関連部門から抽出された試作の問題点が、ホワイトボードに列挙されている。重複している項目もいくらかあるが、合計で百件を超えていた。

総経理を始め関連する全部門の日本人スタッフが注目する中、技術部の河原さんが司会を受け持ち、会議を進めていった。

指摘された問題点に対して、原因を追及し、対策案を検討し、納期、担当部門を決めていく。

だが、この場では容易に結論が出ない項目も数多くあった。解決案をいつまでに検討、担当はだれそれ、と霞みのかかった追記が欄を占めていくばかりだ。

今日の会議の主眼は部品手配や前工程、完成品の組立など製造の問題対策だった。明日から始まる性能確認試験の結果次第では、もっと増えるおそれがある。

明らかな設計ミスに対しては、呆れ声が時には罵声も交えて飛び、設計者の河原さんは、その度に固まってしまう。

隣で構えた永野係長が、まあまあ、みなさん、とおっとり助け舟を出したが、急かされた挙句に工場にとって負荷が多い変更が見えているだけに、永野係長の加勢も火消しとならず、かえって紛糾するのだった。

会議室の後ろの席に、中国人スタッフが並んでいた。日本語を十分理解できない彼らは白けた顔つきで、それでも辛抱強く見守っていた。

技術部の通訳が時折、中国語に訳して伝えた。議論好きの彼らにとっては、格好の時来たり、口を開くのはこの時だ、とばかり次々と喋り出す。早口の中国語は僕達にも理解できず、会議はますます収拾不能となった。

苛立った総経理が、

「うるさい、次、進め」

と何度も号令する度に、眠気は飛ぶどころか、僕の頭には疲労が積み重なっていくばかりだ。

午後一時から始まった会議は夕食休憩を挟んで続き、九時になってようやく終わった。もう仕事は仕舞いたいけれど、日本へ送る本日納期の報告書が手付かずのまま検査室に置いてある。

給湯室で濃いめのコーヒーを作りながら、寮の休養室で待機するという先輩に、

「寝ないでくださいよ。先輩の確認印を貰ってから、日本へファックスしますから」と言い置き、僕は工場棟の三階にある検査室への階段を、緩慢な足取りで上っていった。

三日後の朝礼で、技術部から性能試験の報告があった。マイコン基板の温度が下がらない、手作り試作品では規格値を満たしていたのですが、と河原さんは情けない声で弁解がましく説明した。

ファンモーターの回転数の調整程度では追いつかず、調理庫内側からの輻射熱を抑える遮熱板を新規に追加することになった。

「えっ、この金型を十日で作れ、だって？　段押し、抜き、曲げ、曲げ、曲げ。五工程もありますよ」

昨夜描きあがったという図面を見て、金型部の森下部長が呆れ返る。

「そりゃあ、手抜きの単発型ならなんとかしますが、とても量産では使えませんよ」

「それでもなんとかするのだ。量産用の型は作り直してもいいから。納期優先だ。費用は後で日本へ請求する」

梶本総経理も必死だ。

だが、部品の手配だけではない。製品の構成が変わると、税関への登記がやり直しとなる。申請してもその受付は円滑に進むとは限らず、担当の管理部の責任者は顔色を変えていた。登記が完了しないと、生産にこぎつけても、日本へ輸出できないのだ。二週間先の第二回試作からは、太平洋電機の技術担当と品質管理担当二名の計三名が工場へ乗り込んでくる予定となっている。

遅らせる訳にはいかない。進捗次第では調達部門も駆けつける、と営業部から業務連絡が届いていた。

「揃い踏みか。力が入っていますね」

「そりゃ、そうさ。電子レンジやこのグリルロースターは、調理家電の最新シリーズで、秋のカタログの目玉として載るそうだ。太平洋電機が久々に調理器具売上ナンバーワンの座を奪還しようとする製品群だからな。それだけにこけると。担当者も飛ばされるのは確実で、もう必死だ」

石田先輩は得意先から直接仕入れたという情報を教えてくれた。

森下部長は約束どおり十日で、遮熱板の金型を仕上げてきた。

「もうこらえてほしいな」

寸法検査用の試打品を持ってきた部長は、不精髭が伸び、頬がこけていた。

「徹夜ですか？　お疲れ様です」

加工油が付いたままの、まだ洗浄していない部品を受け取りながら、労いの言葉をかけた。

「皺もなくきれいに上がっているじゃないですか。さすがですね」

「まあね。しかし、前の会社もそうだったが、ここも酷いな」

ぼやきながら、首筋を左の握りこぶしで何回も叩いた。

金型は徹夜仕事が宿命だ。

製品の販売時期が決まっており、そこから逆算して、工場の生産計画が決まる。遅れれば、生産ラインの多くの人間が遊んでしまう。仕入れた原材料や部品が倉庫に山積みとなる。販売好機を逸した得意先からは、多額のペナルティが課せられる。ひとつの部品も遅れさせる事はできないのだ。

それにもかかわらず、設計陣からの図面出図は遅れがちだ。毎度のことで、慢性的になっているともいえる。

だが、連日深夜までパソコンに向かって、目をしょぼつかせながら図面を描いている担当者の実態を知っているだけに、それを自分達の遅れの言い訳に使えない。とにかく何があろうと、納期厳守は絶対なのだ。

マシニングセンターなど加工機が発達し、プログラムを打ち込んでおけば、夜中も無人で動いてくれるようになった。おかげで、徹夜は随分と減った。それでも最後の金型を構成する各部品の細かな摺り合わせは、ベテラン職人の腕による。

今回の遮熱板は社内の金型部には空きがなく、外注の小回りが利く金型屋に頼み込んだという。

責任感の強い森下部長は二晩立ち会って、朝帰りだった。寮のソファーで二時間ほど横になってくるから、あとはよろしく、と検査室を出て行った。

森下部長は日本で金型屋を経営していたが、取引先が海外に仕事を出すようになった十年前、会社をたたんで中国へやってきた。

当初、採用された中国の金型メーカーでは、役員待遇として通訳や運転手も付いた。二年目には通訳を外され、持っている技術を吸い取られた三年目に体よくお払い箱。それから日系企業、中国ローカルの金型屋と五、六社転職し、半年前にこの三山の中国工場で部長待遇として採用された。本社採用ではなく、香港の人材センターを通じて入社した現地雇用のスタッフだ。

六十歳間近だが、もう日本へは帰らない、ここで一生過ごす、と一緒になった現地女性に店を持たせていた。マンションも数室所有しているという。もうあくせく働かなくともやっていけるが、やっぱり物づくりが好きでな、と律儀にいつも始業一時間前には出社していた。

日本での保険や年金などは掛けておらず、将来は日本の世話なんかなるものか、と公言している。

会社を廃業した折に言うように言われぬ軋轢がいろいろと有ったそうだけど、その詳しい事情は一緒に飲み、酔った口にも出さなかった。

海外で様々な日本人と出会い、話を交わすが、驚くほどに誰もがたくましい。大企業の後ろ盾を持たずとも、自分の腕ひとつで現況を切り開き、この大陸を縦横に闊歩している。

この中国現地で採用された人たちに共通するのは、おべっかを言わないことだ。あの煩い梶本総経理に向かって、諂うところなど見たことがない。

それに比べて、日本からの以前の出張者である技術部の中山さんなどは酷かった。総経理のいないところでは陰口を叩くくせに、本人を前にしたとたん、愛想笑いを浮かべ、ごもっとも、ごもっともと大きな布巾を持って林檎磨きを始める。

その変わり身があまりにも自然なので、それはそれで、持って生まれた天性の防衛本能かもしれない。生まれつきの習性は真似できないや。いや、真似などしたくはないけれど、不器用で叱られているばかりの身には、なんか羨ましく思えるときもある。

まったくこんなところで人間観察をさせてもらうとは思わなかった。

その森下部長や樹脂成型部門の山本次長からは、

「原田君も外地にいるのだから、もっと溶け込まんといかんのう」

といつも叱咤されるのだった。

若いのだからとろけて、少しは骨抜きにされてもいいじゃないか、と言われ、僕には僕の事情がありますよ、と反論してみる。だが、そんな事情があるわけはない。なにも説明できずに落ち込むのだった。

総じて、壮年の日本人は若者以上に元気だ。日本人クラブ、カラオケ、ゴルフに女性との付き合いなど。人生は二度おいしいって言いながら、異国の生活を満喫しているように見える。

けれども、森下部長は苦笑いしながら、

「わし等は高度成長時代を担って、ろくすっぽ遊びもせず、遮二無二に働いてきたのさ。なにしろエリートではないからな。しかし、この年になって、日本に居場所がなくなるとは思いもしなかった。だからこの地で、敗者復活戦を自分なりに闘っているのさ。暢気そうにみえるって？　それは、年の功。今更、必死な自分を見られたくないからな。それだけが、ささやかな矜持さ」

と、しみじみとした口調で語ったものだ。

やっぱりなあ。大手企業の出向者ならいざ知らず、中小企業に係り、この中国で仕事する羽目になった者たちは、吹き溜まりに寄せられた人達じゃないか、とも感じるときがある。梶本総経理でさえ、本社に帰っても居場所はないだろうという気がして滅入りもした。

新たに追加になった遮熱板のほかに、受入検査室へ持ち込まれたグリルロースター部品の寸法検査がまだ三十点ばかり残っていた。

寸法は中国人検査員がノギス、マイクロメーター、投影機、三次元測定器などを使って測定し、図面と照らし合わせて合格、不合格を検査記録表に記入してくれる。僕の任務は彼等が行なった計測結果の妥当性確認と、外観の仕上がり状態についての判定だ。

その他に、部品検査標準（今回の製品では制御基板など重要安全部品からラベル類まで九十点もある）、工程巡検表と呼んでいる各工程のパトロールチェックシート、出荷検査表、工程内検査記録表（内部の配線状態を確認する中間検査・絶縁抵抗や絶縁耐力、消費電力などを確認する電気検査・外観やドアの開閉などの出来栄えを調べる完成品検査と三つの関所がある）、部品組付から梱包までの各工程の流れと管理ポイントをまとめたQC工程図、製造工程に潜在する不具合を事前に洗い出し、その対策をまとめた工程ＦＭＥＡ（影響度を分析し評価するのが、僕は苦手だ。というよりとても面倒くさいんだ）、外観・材料・構造・性能・表示など製品に求められる基準と検査方法、欠点度をまとめた製品検査規格。

量産試作までに仕上げるべき資料は、品質管理部門だけでもてんこ盛りだ。僕という器からは、既にはみ出し零れ落ちている。

なのにその他に、製造部が作成する工程ごとの作業指示書のチェックもある。そこに記載された六十か所に及ぶネジのそれぞれ締付トルクやつまみの引抜力が適正か、その妥当性も検証しなければならない。

全資料が揃い、ＯＥＭ先から精査を受け、承認されないと、たとえ製品自体の問題点を解消したとしても、量産に移行できない。工場としての品質を保証する仕組みが構築されて、初めて得意先から認可されるのだ。

量産試作まであと一ヶ月。産みの苦しみの日々が続くのは、例年のことだけど、年々、製品安全に関する基準が厳しくなるとともに、検証すべき項目も増えてきた。免れることのできない責任は重くなるばかりだった。

第二回試作の直前に、予告通り、太平洋電機から三名が立ち会いにやってきた。

事務所の入り口に立てられた、「熱烈歓迎　太平洋電機有限公司　鈴木先生、佐藤先生、島崎先生」の看板は、書道の得意な管理部は陳さんの達筆だ。

二名は日本から、一名は珠海市にある太平洋電機の系列工場から移動しての合流だった。僕や石田先輩とは年齢が大きく変わらない若手の三人。

差し入れの和菓子は、あっさりした甘みに飢えている僕達には好評だった。喜んでお礼を伝えたが、これを受け取ってしまうともう逃げ出せないぜ、各々方、覚悟して召されよ、とは山本次長からの伝令だった。

彼等は車で三十分ばかり離れた市街地のホテルから、毎日定刻に通ってきた。事務所の応接室のひとつを根城にして、ここが量産までの司令塔となった。壁に掲げられたホワイトボードに、今後の予定が書き込まれていった。

六月十六日（金）　第二回試作組立て
六月三十日（金）　量産試作
七月十四日（金）　量産開始

それぞれ間が二週間しかない厳しい日程だ。通常なら三週間から一ヶ月を確保したいところだった。

その間に完成すべき各部門の資料一覧が列記されている。

チェックリストの空欄の升目が白く光り、早く埋めろ、と脅迫してくるようで、この部屋に入るたびにたじろぐ。おまけに升目を作る線が手書きなのに、癇性を思わす歪みのなさには、ひやりとさせるものがあった。

もう一枚のボードには、量産試作までに解決すべき課題で満載だ。この埋め尽くされた黒々した文字が、うねる様に絡み、緊急課題を強調する赤線が、裂けた傷口のように薄気味悪い。

こいつらをひとつひとつ潰していかなくては前には進まない。だが、新たな課題が増え続け、先行きの不安に焦燥感がつのるばかりだった。

太平洋電機品質保証部の鈴木係長は、汗でずれる黒縁の度の強い眼鏡を何度も神経質そうに戻しながら、長々と危機的な現状を説明し、部屋に集まった関係者に奮起を求めた。

技術担当の島崎主任は、

「今のところ調理ソフトの連中からは、秋刀魚はきれいに焼ける、とのA評価が届いていますからね。ハードのほうは課題が多いけれど、何とかなるでしょう。こちらは三山電器さんに任せていますから」

と課題の多さにも屈託のない顔つきだ。

「まったく、設計陣は楽観主義で困るよ。けつを拭かされるのは、いつもこちらだ。なっ」

鈴木係長は苦い顔をして、部下である佐藤さんに同意を求めた。

「そ、そうですね」

島崎主任と仲の良い佐藤さんは、チラッと主任を見て、詰まりながらの返答だった。

今回の新製品は、秋刀魚が一度に三匹きれいに焼ける、というのが謳い文句だが、魚だけでなくクッキーなど菓子類までの多彩な調理メニューで、取扱説明書に掲載されるメニューだけでも、三十品目ものオンパレードだ。

調理実験は、本社技術部と太平洋電機の調理ソフトチームとで手分けして行なっていた。本社ではこのためパートの女性を採用して、毎日、秋刀魚を始め幾種類もの切り身魚を焼いているという。

二年前の電子レンジの調理実験を思い出した。まぐろの刺身の生解凍を、百グラム、二百グラムと百グラムごとに重量を増やし、一キログラムまで行なうのだ。出来栄え確認のため、当初は役得と喜んで食べていた。だが、マグネトロンの出力調整に手こずり、実験は一週間に亘った。最後は見るのもうんざりで、食味確認を周囲の者に頼んでも、誰もが食傷ぎみで箸を持とうとしなかった。

廃棄処分にするのも忍びなく、近所の犬を飼っているお宅まで何度か届けたことがある。そのうち、犬も飽いて、次はトロにしてくれって言うんじゃないか、とみんなで笑ったものだ。

調理家電は身近であるがゆえに、消費者から苦情の多い商品でもある。ＯＥＭ先のお客様相談窓口には、毎日のように苦情の電話が入るという。

料理の出来具合については、誰もが一家言を持っている。それだけに、調理性能の制御は神経を使う難易度の高い業務だった。ソフトがうまくいったというなら、生産の遅延はハードを請け負う三山電器の責任となってくる。

納期の押し迫った開発日程の中では、他部門の原因で遅れが発生すれば、自部門の遅れが矢面に立たず、秘かに他部門の失敗を期待することがないでもない。

だが、今回は朝と夕刻に定例会議が持たれ、各部門における課題の進捗がホワイトボードに記されていくのだ。隠しだては出来ず、実態は関係者全員に明白となる。

これが見える化です、と鈴木係長は得意顔で説明したが、その一重瞼からの視線は、手落ちなど決して容赦しませんよ、と眼鏡越しに鋭く尖って、僕の痩せてきた気持ちに突き刺さってくる。製品も手強いが、相手もそれ以上なのだ。

本社では副社長が陣頭指揮を執っており、自ら秋刀魚を食し、焼け具合に注文をつけているという。量産前には工場に来るとの連絡も入っていた。

副社長の前では、失敗の責任の押し付け合いなどできやしない。おまえらそろって会社を潰す気か、と例のだみ声で叱責されるのが落ちだ。

「しかし、秋刀魚の臭いが染みついた庫内だぜ。そこで焼いたクッキーなど食えやしないだろう」

その疑問には、大丈夫ですよ、と河原さんが迷いもなく答えた。

「そのために、臭いの分解には高価な白金触媒を使い、新しく開発された性能の良い脱臭塗料を庫内に施すのです」

脱臭効果のテストデーターでは非常に優れものです、というその新規塗料は、塗装条件の設定が難しく、日本から塗料メーカーの技術者を呼んで指導を受けていた。

静電塗装ガンとの相性が良くないのか、ステンレスの庫内の形状によるものなのか、塗着効率が悪く、塗装部の大川さんが苦労していた。

性能のいい塗料かどうか知りませんが、量産実績の乏しい塗料を押し付けられるのは困ります、と泣きを入れる大川さんに、失敗は許さん、その時は頭を丸めたぐらいじゃ済まんからな、と総経理は檄を飛ばした。

大川さんの坊主頭を見てみたい気もするけれど、得意先が常駐するなか、多くの課題を抱えた工場内は日ごとに重苦しい雰囲気に包まれ、つまらない冗談を飛ばす余裕などなくなっていた。

それでも、第二回試作を目前にして連日走り回り、問題点を消しこんでいったのだが、ひとつ大きな問題が出てきた。梱包落下試験で不合格。操作パネル外郭正面の肉を削って薄くなった部分が割れるというのだ。

「なんとかしろ、って言われても……。リブを太くすれば表面側にヒケが出て、外観不良を言われるし、樹脂を流し込むゲート部分をずらしても、接合部分は正面のどこかに出て、そこで割れますしね。もともと狭い箇所にスイッチ基板を取り付けるため、余裕のない薄手の構成になっており、これは設計の問題ですよ」

処置なしを樹脂成型担当の山本次長は訴える。

「梱包設計のほうで対処できませんかねと言われても、こちらも無理ですよ。なんとか成型条件で対応してくれませんか」

温厚な技術部の永野係長も負けておらず、互いに譲らなかった。

製品の設計は三山電器で請け負ったが、梱包はデザインのこともあり、得意先の太平洋電機から図面が届いていた。

「これ以上大きくしてくれと言われてもねえ。通常はこの緩衝材で十分いけるはずです。梱包設計には問題ないと考えますがね」

三山電器側の責任だ、と昨日、日本より駆けつけた太平洋電機調達部の黒崎課長は言いたげだ。

箱の意匠は今の寸法に合わせて、得意先のデザインセンターより送られてきていた。秋の新製品群でデザイン作業は多忙を極め、変更には時間がかかるという。

泣きついて頼み込んだとしても、包装箱の寸法が変われば製品原価に影響し、緩衝材を大きくすることは困難だ。

カタログの数値変更だけでなく、コンテナの積数や日本でのトラックの輸送費、倉庫の保管料など物流面でも数多くのことが関係してくる。

それらを見てくれるなら考えてもいいですがね、と黒崎課長は涼しい顔で言うが、厳しい納入価格で契約した一件だ。利益率の減少につながる安易な価格変更は、副社長が許さないだろう。

梱包落下試験は数ある実用試験の中でも、過酷な条件の項目だ。段ボール箱に梱包した製品を六十センチメートルの高さから、コンクリートの床面に自重で落とす。一角三稜六面の順に合計十回。この条件で、製品の商品性が損なわれなければ合格だ。

正式な落下試験機は中国工場にないため、人間が落としての簡易的な方法となる。

金尺の高さに合わせて、中腰で箱を保持する河原さんの腕が細かく震えている。平衡を取って持ち上げた箱が僅かでも傾くと、やり直し、と鋭い声が飛んだ。

夜も更けてくると判断も甘くなりがちだというのに、鈴木係長にはまったく妥協の余地がない。ねめつけるように顔を近づけ、河原さんの姿勢を検分する。太平洋電機四名、三山電器五名。全員、祈るような気持ちで見守る。鈴木係長のよしの声で手を離れた製品は環視の中、真っ直ぐ落ちた。

一回一回、落下後に、箱から製品を取り出し、点検する。七回まで無事だった。八回目の製品正面を下方にした落下で、鈍い音がした。今度こそ、という願いはその音ですぼみ、みんなの引きつった表情に息が苦しくなる。

「駄目だ。やはりクラックが入っている」

佐藤さんが呻くように言った。

「おまえ、落とし方が悪いんじゃないか？　信念がこもってないぞ」

「そんなことはないっすよ」

揶揄する口調の鈴木係長に、途中から代わった島崎主任は、負けん気で答えながらも、顔は強張り、薄く汗が滲んでいた。

ひび割れ部分の写真を撮り、緩衝材が衝撃を吸収する形状に、と削り、張り付け、また落とす。

何回繰り返したことだろうか。最後に、これなら許容できるという症状に収まった時には、すでに夜中の二時を過ぎていた。

「ここまで世話を焼かせますかね。全く、しっかりしてくださいよ。課題はまだ他にも残っていますからね」

誰に文句をこぼしているのか分からないが、みんなを気落ちさせるような鈴木係長の声だった。

「よしっ、これで明日の朝から発泡スチロール型の変更に走るぞ。原田さん、付き合ってくださいね」

河原さんだけは難問が解消した、と結果に満足そうだったが、

「もう、今日だよ。それに今から図面の変更をしなきゃいけないだろう」

僕の返す言葉に力はなかった。

日曜日だったのだ。休日だったが、太平洋電機が工場に来るからと出勤した。この試験が片付かないと前に進まないのは理解できるのだが、設計陣よ、もっとしっかりせよ、と恨めしかった。

それでも、夕方までの終局を予想していたのだが、甘かった。弁当の出前を取る破目になり、得意先と同じ豪華な弁当であったが、少しも嬉しくなかった。

ホテルに帰る彼らを事務所の玄関で見送り、

「先輩、紅花亭へ行けませんでしたね、前からもう二週間経ちますよ」

「ああ」

先輩の足取りにも力がない。

「頭の中で渦巻いている小玉ちゃんが膨れ上がって、はみ出していますよ。ほらほら、零れる。零れる」

と、いつもなら軽口のひとつも叩いて、両手で掬うようにして先輩の顔の前にもっていくのだが、そのよう気分にはとてもなれなかった。

小玉ちゃんが遠ざかれば、一緒に王姉も手の届かないところへ行ってしまいそうで、

寮の玄関に付けられた常夜灯は遠く、六月の湿気のなかにぼんやりと霞んでいた。

第二回試作が終わった。

第二回試作問題検討対策会議が開かれ、今度は、太平洋電機のメンバーも出席した。第一回と同様に各部門から問題点が報告されたが、全部で課題は二十項目と減少し、幸い、頭を抱えるような深刻なものはなかった。

だが、この第二回試作品は太平洋電機の審査部門へ回される。その関門を通過しないと、次に進めないのだ。

その製品審査会では市場のクレームに精通したベテランの審査員が、法規への適合性、商品性（外観・調理性能・使い勝手・アフターサービスの容易性など）、安全性、信頼性、耐久性など、ＴＡＩＨＥＩＹＯのブランドロゴをつけるにふさわしいか、幾多の視点から製品の出来栄えを評価する。

僕たちはその審査会に同席したことはないが、島崎主任によると、その審査は極めて厳密に行なわれるそうだ。

担当者に投げられる幾多の鋭い質問に震え上がり、自信を持って臨むどころか、まるで被告席に立たされ、ひたすら寛大な慈悲を願って、軽微な指摘に終わるよう祈る被告の心境だという。

「僕達に文句を言うだけではないのですね、実は苦労しているんだ」

得意先ではあるけれど、島崎主任には軽口を言える間柄になっていた。

「それに合格しても、まだモニターのおばちゃん達の辛口が待っている。原田さん、最後まで頼みますよ」

こうして、次の量産試作へ向かって準備を進めていたのだが、また問題が起こった。

塗料メーカーの色板では仮承認が出ていたのが、実際に塗られた試作品での現物判定で、太平洋電機デザインセンターから不合格の判定が届いたのだ。

「それはないですよ」

島崎主任から渡された書面を見て、塗装部の大川さんが反発した。

判定書には、大きくＮＧと書かれている。

■改善要望事項……やや青みが強いため、青みを抑えて黄色みを加えること。肌は添付見本のようにもっと肌理細やかにシャープにすること。

四角張った文字で書かれた横に、判定者丸井とのサインが入っていた。

丸井さんか。オーブントースターの時も、なかなか合格が出ず、三回ほど調色をやり変えたことがあった。色に関しては非常に厳しく、丸井は偽名で本名は角井じゃないのか、いやキツイだろうと噂されている人だった。

色を目で判断するのは困難だ。人によっても色の感じ方が異なる。そこで色を客観的に判断する色差計という計器がある。明度・色相・彩度という色空間における位置を測定し、数値化してくれる。色見本と供試品の色の差（色空間における距離）が⊿Eで表される。

ところが、まだ精度が充分でないとして、丸井さんは自分の目しか信じないのだ。石田先輩も、工場としての色承認を自分が出し、これならと試作品を発送した手前、日本から届いた結果に納得できない顔をしながらも、

「やや青みが強いため、青みを抑えて黄色みを加えること。ここまでは理解できます。おそらく色板に使った鋼板材料の肌の差による影響でしょう。色合いは塗料の再調色と塗り込みの膜厚などである程度調整可能です」

と、当初は責任者らしく、冷静に分析していた。

「でも、もっと肌理細やかにシャープにはないでしょう。添付されてきた見本は、どう見ても後から塗装した品じゃないですね」

島崎主任から問い合わせしてもらったところ、丸井さんが言うには、同じシリーズで売り出す電子レンジと外観の質感が合わない、との説明だった。電子レンジの本体

はカラー鋼板だという。

それを聞いて、石田先輩の声が大きくなった。

「相手はカラー鋼板、プレコート材じゃないですか。こちらは溶剤塗装のアフターコート。質感が違うのは当たり前ですよ。うちの技術部が前打ち合わせできちんと説明していなかったとすれば、大問題ですよ」

「ローラーで塗布するカラー鋼板と違って、スプレーガンでの塗装はどうしてもガン肌が出ますし、この色は隠蔽力が弱いため、膜厚を乗せるので、表面のレベリングも悪くなりがちです」

大川さんも塗装部の立場から、これは重大事だ、と口を尖らせて付け加えた。

金型の森下部長も、

「一般の冷延鋼板用とカラー鋼板用とでは金型も変わる。変更の対応はできないことはないが納期はかかるし、これは厄介だな」

普段は穏やかな資材部の春野課長も黙っていなかった。

「日本からカラー鋼板を運んできたら、とてもコストは合いませんね。電子レンジ部門から材料を分けてもらうとすれば、タイからですか？　うちの資材部もすでに材料を五万枚手当てしているし、他の部品への転用はとてもできません」

こうなったのも、勘繰るに、どうも商品企画の性急なあまり、両社における仕様決定の際の詰めが甘かったと思われた。

　太平洋電機の調理家電の製造委託先は、数社に分かれていた。そのひとつである当社は、以前からのオーブントースターに加え、今回新たにグリルロースターを受注したのだが、オーブントースターの表面処理と同様、グリルロースターもアフターコートだと思い込んでいた。

　だが、デザインセンターでは今回のシリーズ化において、電子レンジを基本として色を決めたようだ。色見本にはカラー鋼板との指定が明記されていなかった。デザインセンターは、電子レンジと同じと口頭で伝えた、というのだが、太平洋電機デザインセンター→太平洋電機技術部→太平洋電機調達部→三山電器営業部→三山電器技術部→中国工場技術部→中国工場資材部の配布経路のどこかで消散してしまったのだろう。

　河原さんが、どうすればよいでしょうか、と島崎主任にすがるように事態を収拾する手段を問いかけた。

「五十センチも離れたら、どちらがどちらとも識別できませんね。製品検査規格では表面の肌や傷は五十センチ離れて判断することになっていますから。そうでしょう？　鈴木係長」

　間に挟まった技術部の島崎主任は、品質保証部に同意を求めようとしたが、

「そらあそうだが、わしらにはデザインの仕様を変える権限はないからな」

鈴木係長は、つれなく言い返した。

「デザインセンターもカラー鋼板という素材に拘泥しているのではなく、肌をきめ細かくというのが目的のようです。なんとかもう一度トライしてくれませんか。それで説得してみますから。でも、うちはデザインが強くて、いつも技術は泣かされているのです」

島崎主任はすがるように言った、

「そんなお宅の事情を説明してもらっても困るんですけど」

石田先輩も今日は強気だった。

「商談会へは既にこれで回っているのだから、大丈夫ですよ。デザインセンターへは、調達から事情をきちんと説明します。そして、一回デザインをOKさせれば、あとは少々違っていても、うちの品質保証部のほうで限度を決めますから。今回だけ特級品を作ってくださいよ」

黒崎課長がこの場をとりなすように、妥協案を提案した。

「私たちは芸術品を作っている訳ではないのです。コストに見合った範囲の中での物作りですから、量産性のないトライは意味がないです」

梶本総経理もここぞとばかり主張した。

「わかってますって。量産は三山電器さんに合わせた特別採用で運用しますから」

黒崎課長が特別採用の権限を持つ品質保証部の了解を取らずに返答したので、隣で鈴木係長が膨れっ面をした。

「それでは、この現物にサインしていただけますね」

石田先輩はグリルロースターの塗装された本体を、目の前に差し出した。

誰がサインするのか、太平洋の面々の中で一揉めしたが、

「特採として承認　２０００・６・20　太平洋電機　鈴木」

結局、黒崎課長に拝み倒され、鈴木係長がしぶしぶサインを残してくれた。

(8)

六月三十日の量産試作を一週間後に控えて、太平洋電機の鈴木係長が急遽、タイに飛ぶことになった。電子レンジのほうで問題が起こり、応援要請を受けたのだ。香港からバンコックに出発する週末、今までの慰労と量産試作移行への前祝いを兼ねて、宴席を持つことになった。

メンバーは太平洋電機の四名と三山電器側は営業の内田係長、技術の河原さん、品質管理部から僕達二名。梶本総経理は急用が入ったとのことで、よろしく頼むとのことだ。

六時で仕事を終えるのは本当に久しぶりだ。太陽がまだ西の空に明るい。午後からの亜熱帯地方特有の激しいスコールが上がり、事務所の玄関前にはまだいくつも水溜まりが残っていた。

そのひとつひとつが朱く輝いて、疲れた目に眩しい。小石をひとつ投げて、揺らしてみた。朱に染まる雲に波紋が広がり消えると、雲は色と形を変え、また水浴びに現れる。

石田先輩と競うように興じていると、二台の車が来た。先輩の希望で、行き先は紅花亭だ。もっと大きな店を勧めた総経理に、それは最後の打ち上げでいいです、と昨夜、予約を入れる顔が緩んでいた。

正門の守衛室前に三十人くらいの若者が群がっていた。工員の大募集に応募してきたのだ。誰もが大きなバッグや生活道具を入れたバケツを抱えている。

工場では毎月の離職者が二割を超えている。定着率がかんばしくないため、常に募集がかかっていた。来月からは冬物生産が本格化し、ラインが増える。グリルロースターの生産も始まるので、かつてないほどの大人数を募集しているのだった。

好況が続き、どこの工場も慢性的な人手不足だという。

毎日、朝礼で、管理部が採用実績を報告していたが、最低賃金では集まらず、手当の割り増しは避けられません、総経理、本社への了解よろしく、とは人事担当である劉副総経理の毎度の言葉だった。

これで優秀な人材が来ればいいが、それでも新人が多くを占めるラインの不良率は当分高止まりだろう。月次の不良報告が好転することは期待薄だ。総経理の渋い顔が目に浮かんだ。

管理部の朱さんが、二列に並ぶよう、大きな声をかけていた。その横に僕たちの乗った車が止まった。守衛が来て、トランクの中を点検する。工場から出る車は、部品や製品などを無断で持ち出していないか、徹底して調べられるのだ。

応募者の列の端に若い女性がいた。えっ、王姉？　うちの工場に応募するの？　守衛の許可が出て動き出した車の窓から、慌てて振り返った。

違う顔だった。夕暮れの風にほつれ髪をかき上げる顔には、王姉の面影はなかった。いる訳ないよな。そう言い聞かせても、強く締め付けられた心は、細かく痙攣を続けた。

「どうしたんだ？」

隣に座る石田先輩が怪訝な顔をした。

「いや、集まっていた応募者の中に、王姉に良く似た女性がいたので」

上ずった声が自分でも分かる。

「そういや、長く会っていないな。どうしているんだろうな」

「品質管理部は通訳が足りない、と管理部に採用依頼を出しましょうよ。勤務態度が良ければ、日本へ研修に行くことが出来る、と勧めれば、来ないかなあ」

「日本へ行けば、彼女の恋のお膳立てをするようなものじゃないか。それでもいいのか？」

「いや、それも困ります。ねっ、グリルロースターの立ち上げが終わったら、王姉妹を絶対に誘いましょうね。紅花亭の店主に日曜日の休みを談判しましょうよ」

「日曜日じゃなくても、俺たちは休日出勤の振り替えが貯まっているだろう。平日でも小玉ちゃんに合わせて堂々と休めるさ」

「おおっ、素晴らしい。やる気が出てきました」

「ということは、今までやる気なしの仕事ぶりだったのか」

まったく、いちいち揚げ足を取らないでくださいよ。これは言葉の綾というものですからね、と先輩の首を絞め上げる真似をした。


紅花亭では奥の座敷に人数分の席が用意されていた。

「太平洋電機さんは上座へどうぞ」

日本から急遽来中した営業部の内田係長が席へ誘導する。今日の接待は営業部がいるので気が楽だ。いつもは話を接いでいくのも気を使う。座の盛り立てが出来なくて、仕事の話に終始してしまうのだ。

小玉ちゃんと李さんがお絞りと水を運んできた。

「ほう、可愛い娘だな」

黒崎課長はお絞りを置いた小玉ちゃんの手に触れた。

小玉ちゃんは驚いて手を引き、お絞りが黒崎課長の股の間に落ちた。顔が震えている。

上座の黒崎課長と卓を角にして座った石田先輩の顔色が、一瞬、変わった。

せっかちねえ、お客さん、と客を上手にあしらったり、甘い言葉には、あら、お客さんの口はチョコレートで出来ているのかしら、と愛想を返したりはできない小玉ちゃんだ。

すぐに李さんが、私も可愛いですか？　と自分の顔を指差したので、

「あんたは昔のべっぴんさんか。賞味期限切れ。五割引きだな」

黒崎課長は苦笑いして、自分で拾い上げたお絞りを広げ、顔を拭き始めた。場は収まったが、ありがとうございますぐらい言えないのか、とまだ不服そうな黒崎課長だった。

「まあまあ、お楽しみはまた後にして、みなさん、生ビールでいいでしょうか？」

内田係長が執り成すようにして、

「あと、好きなものどんどん注文してくださいよ。味は私の保証付き」

と胸を張った。

「内田係長は中国に来る機会はめったにないのに、よくそんなことが断言できますね」

さすが、営業ですねと持ち上げると、

「情報収集は怠りませんよ。それに、ここ数日、毎晩夜中に食べに来ていますから」

と、とんでもないことを言う。

「えっ、僕達は深夜まで工場で苦労しているのに、内田係長はこっそり紅花亭ですか。信じられないです」

僕は係長に感謝しながらも茶々を入れる。

肥った内田係長は、寮の夕食だけでは足りないのですわ、とうまく言い逃れた。

「内輪揉めはあとでゆっくりしてもらって、解決すればすぐにタイから戻ってきますから、みなさん、その間はよろしく」

鈴木係長が、ご招待に感謝します、と挨拶を始めた。

もう戻ってこなくてもいいのに、と僕は石田先輩に目で賛意を求めた。先輩も小さく肯いた。

「大丈夫だよ、鈴木君。あとは三山電器さんがきちんとやってくれますよ。大船に乗ったつもりで。いや、乗るのは７４７だったな。心配だな。整備不良でここ何件かトラブルを起こしているというニュースだからな。まあ、無事を祈願して乾杯だ」

黒崎課長が乾杯の音頭を取った。鈴木係長は、

「バッカスの神によく頼んでおきますよ。いや、ここは中国だから酒仙だな」

と今日は随分機嫌がいい。

太平洋電機の面々は誰もが酒好きで、ビールの大ジョッキを三杯飲み干し、焼酎に

変わってからも、グラスを空ける速さは落ちなかった。

小玉ちゃんは座敷の端に座って、梅割りやレモン割りを作り続ける。僕は彼女の傍で、給仕よろしく手伝ってはお盆に乗せ、運んだ。

先輩が代わって欲しそうな目でこちらを見た。駄目ですよ。しっかり太平洋電機さんを接待するのが、本日の先輩の任務ですからね。

「しかし、三山電器さんで電子レンジを受けていたら、どうなっていたかね？　グリルロースターだけでも、この有様だからな」

黒崎課長が対面に座る内田係長を詰問するような口調で言った。

「はい、グリルロースターではいろいろご心配をおかけしております。改めてお詫びいたします。まあ、これに懲りずに。レンジでも次は頑張りますから。なっ、河原君」

内田係長は動じることなく、軽く受けて隣へ流した。

「は、はいっ。大丈夫です。レンジはベテランの永野係長が設計者ですから」

河原さんは上司の名前を挙げた。

ばかだなあ、それじゃ、グリルロースターを担当した自分は、経験が浅い技術者で問題が多かった、と言っているようなものじゃないか。もう少し聡い人だと思っていたのに。

三山電器でも以前から電子レンジを製造していた。ＴＡＩＨＥＩＹＯブランドではなく、その競合となるメーカーへの供給だった。電機業界は複雑に絡み合っているのだ。弱電大手でも主要製品以外の多くは、外注に製造を委託していた。

今期、営業部は太平洋電機にたいして、電子レンジでも熾烈な受注活動を行なった。従来からのオーブントースターの実績と低コストを武器にした売り込みも健闘及ばず、タイの日系企業へ取られた。

副社長の悔しがり様は尋常ではなく、一般社員の前で営業部長におまえは明日から降格と減給じゃ、と大目玉を食らわしたという話が中国工場まで伝わってきた。

だが、僕達はその結果を聞いてひそかに安堵した。レンジは経験豊かな永野係長が担当するといっても、二機種の新製品立ち上げが重なると、軽く工場の能力を超える。僕達も今頃パンクして倒れていることだろう。

「そんなことじゃ君、俺は心配で日本へ帰れないじゃないか」

案の定、黒崎課長は卓を叩いて、河原さんを責め始めた。

酔った手が皿の縁に当たり、大きく跳ねた。皿が欠け、魚の骨が課長の腕にへばり付いた。角にいた石田先輩は、自分にも跳ねた骨や汁は後回しにして、とっさに、黒崎課長の皿の欠片と骨を払おうとした。

「痛っ、何するんや」

黒崎課長は怒鳴って、いきなり先輩の手を撥ね退けた。

「何も。骨を取ろうとしただけですが」

「いや、俺を叩いた。下請けのくせに利いた風な口きくな。だいたい、仕事がうまく進んでいないのも、あんた達の責任だ。この腕をどうしてくれる」

横柄な口ぶりで、難癖をつけてきた。

毛むくじゃらの腕に確かに血が滲んでいた。

会議の進め方をみても、細部に拘泥しない闊達な印象を受けていた人が、今はもう酒が入った目は赤く濁り、吐き出す言葉は罵りばかりになっている。

二人とも立ち上がった。両者をそれぞれの会社の者が抑えようとした。その中に割って入るようにして、

「私、見ていました。石田さん、悪くありません。貴方、良くありません」

大柄の黒崎課長を見上げるようにまっすぐ見つめ、小玉ちゃんがたどたどしい日本語で必死に擁護した。透き通ったその震える声が僕達の心に染み入った。

「なんだと？　店員の分際で生意気言うな」

居丈高な態度は治まらず、小玉ちゃんにも手を上げようとした。

その腕を石田先輩が摑んでひねった。

「くそっ、おまえら、出来ているのか。中国人にはけつの毛まで抜かれるのが落ちだ

ぞ」

　喚くように黒崎課長は下卑た言葉を二人に投げつけた。

「まあまあ、課長。気分直しにいい娘のいる店をご案内しますから。次、行きましょう。行きましょう」

　内田係長が取りなそうとした。

「いや行かん。俺はこいつらにとことん説教してやるのだ」

　なおも抗おうとする黒崎課長に靴を履かせ、抱きかかえるようにして大洋電機の三人と内田係長は出て行った。

　出しなに係長は此方へ戻ってきて、一杯の水を一気飲みすると、

「悪いけど、ここは勘定しといてな。領収書忘れずに。しかし、堪らんなあ」

　大きく溜息をひとつつき、頭を掻きかき後を追いかけて行った。

「気分悪いですね。いくら大事な得意先だといっても、これではねえ」

　場を整えるように言うと、

「まあ、いろいろあるわ」

　先輩は無理やり気を静め、悟ったように呟いた。

　小玉ちゃんが恥ずかしそうに、お絞りを差し出した。

「ありがとう。小玉ちゃんの言葉が嬉しかった」

「石田さん、悪くないですから。いい人ですから」

生真面目に応えた小玉ちゃんの赤くなった顔に、僕も見とれてしまった。いい雰囲気です、先輩。彼女の化粧気のない顔は、夏の夕顔のようです。重苦しい暑さを忘れさせる涼風のようですよ。

「本当にありがとう」

先輩はそれ以上言葉にできず、小玉ちゃんを見つめるばかりだ。

うーん、じれったい。仕事の後、ちょっとお茶でもいかがですか、って誘えばいいのに。邪魔な僕たちは別行動で今すぐ消えますよ。

けれども、十二時間以上の長時間拘束の立ち仕事で疲れている。そんな彼女を誘うことは、石田先輩も躊躇ったのだろう。いくら若いといっても夜遊びはきついだろうし、食事は店の賄い食で空腹ってことはないだろうし。

アフターファイブに出逢ってデートするのは難しく、気軽にとはいかなかった。それでも、もう少しどうにかならないものだろうか。

僕にはどんどん攻めてくるのに、先輩は小玉ちゃんの前では不甲斐ないのだ。けれどもそれは、僕も同じだろう。二人きりの王姉の前では、やっぱり言葉も詰まりがちになるに違いない。

このあと一人で飲み直すという河原さんと店先で別れて、先輩と僕はどこにも寄ることなく寮に戻った。

月曜日、太平洋電機の三名は、工場の始業時刻には遅れることなく着き、いつもの部屋に陣取った。定例の進捗状況の報告に先輩の同行を頼んだが、

「悪いがおまえ一人で頼む」

先輩は露骨に嫌な顔をして、断った。

そんなあ、僕だって顔を合わしたくないんですよ。こんな時こそ上司じゃないですか。

ドアを開ける手がすこし震え、ノブを握り直したが、お早うございます、の挨拶だけは大声で言えた。

なにやら打ち合わせ中だった黒崎課長は振り返り、

「金曜日は接待ありがとう。鈴木は無事、タイに到着したと連絡あった。皆さんによろしく、とのことだ」

何事もなかったかのごとく、全く普段と変わらぬ口調で返してきた。

さすが大企業で若くして課長職を張るだけことはある、と妙な感心をした。だけど上司には遠慮したいな。僕は三人に背を向け、ホワイトボードに先週の結果を黙々と書き込んでいった。

(9)

昼の休憩時間、工場棟から日本人寮に戻る。太陽は頭上高く、背筋を伸ばし反り返って、やっとその位置がわかる。伸びた影は見当たらない。影法師は足元に小さく張り付いて、こびりつくようにあるだけだ。

ここは北回帰線よりわずかに南の地。太陽光の面積あたりの照射エネルギー効率は、百パーセント近いだろう。天空のてっぺんから襲ってくる光に、寮までの歩いて三分間ばかりの道が、疲労気味の体に堪える。

山本次長は手拭いを乗せてはいるが、髪の薄くなった頭が焼けそうだ。地面からの照り返しも厳しく、コンクリートで固められた熱のこもる敷地内は、焦熱地獄の様相だった。

休日なら、昼間からまずビールを一杯、というところだが、平日ではそれもできない。冷たいミネラルウオーターを一気に飲み干し、水分を補うのがやっとで、体内から冷やしきるとまでは、とてもいかなかった。

食事後はソファーに座り込む。楽しみは昨日のプロ野球の結果の回し読みだ。

深圳市の中心部では衛星放送が受信でき、インターネットで日本のニュースが読める環境が整備されてきたという。

だが、この工業団地にはまだ回線が余分には敷設されていない。日本とのやり取りは、もっぱら電話とファクシミリだった。

本社から届いた巻き癖のついた感熱紙を伸ばしながら、阪神戦の結果を知る。新聞のスポーツ欄をファクシミリで、日本の技術部がこっそり送ってくれるのだ。

工場へは、日系新聞の海外版が配達されていた。一日から三日遅れのため、最新の情報には常に飢えていた。日本からの出張者が持ってくる当日の朝刊や週刊誌が、なによりの手土産だった。

「また、負けとるやないか。こうも打てないと、今年もBクラス間違いなしか」

横から覗き込んだ山本次長の声が大きくなる。

阪神が負けると、梶本総経理はてきめんに不機嫌となる。午後からの事務所には、また怒鳴り声が増えるに違いない。事務所の安寧のためにも阪神には勝ってもらいたいのだ。

「森下部長と大川さんは出張か？　昼食が余っているけど」

食卓の巻き寿司を前にして、生産技術の小橋さんが周囲に声をかけた。この巻き寿司は総経理の奥さんのご好意だった。

「いえ、今日は工員食堂へ行っています」

工員達の不平不満の主なものは、賃金、食事、寮の住居設備だった。食事の不味さに不満が鬱積し、改善要求を掲げるサボタージュも発生したことがあった。

そのため、食堂は出入りの業者に委託していたが、時々、日本人スタッフと管理部の中国人が組んで、抜き打ち検査に出かけるのだ。

事前通告なしの査察であるが、どこから情報が漏れるのか、検査のある日の昼食は肉も豊富で、食材も吟味されているという。

「親しい工員からは、毎日、食べに来てくださいよ、と言われてね。きっと食堂の親父と管理部はぐるになっているとしか思えない」

とは山本次長の推断だ。

僕も何回か当番に当たったが、口には合わなかった。同行した石田先輩のなかなか美味しいぞ、という評価が不思議だった。

「僕が頂いてもいいですか？」

睡眠不足と暑さのせいで食欲が落ちていたので、奥さんの手料理はありがたかった。

「それじゃ、若い者に譲ってやろう。その代わりしっかり気張ってや」

小橋さんの嬉しい言葉に、遠慮は不要、と僕はまた食卓に戻って腰を下ろした。

ソファーでは、石田先輩が梶本総経理になにやら頼んでいた。

「この忙しい時期に申し訳ないですが、今度の金曜日に休みをもらえますか」

「何を考えているんや。金曜日といえばグリルロースターの量産試作の日じゃないか。それは困る」

　こちらからは見えないが、きっと総経理の顔は大きくゆがんでいることだろう。

「いや、技術部に確認すると、どうも延びるようです。調理性能改善のため、ソフトに変更が入るようですよ」

「なにっ。そいつは聞いていないぞ。調理は問題ない、と言っていたじゃないか。技術部の河原をすぐに呼べ」

　二階から下りてきた河原さんにくどくど文句を言って追及する総経理からさっさと離れ、先輩は食卓に来た。

「先輩、どうしたのですか？　平日に休むなんて珍しいですね」

　寿司を途中で置き、湯呑片手に問いかけた。

　彼女が日本から来るという。石田先輩のひとつ年下で、確か佳織さんという名だった。

「香港で会ってほしい、と電話が昨日入ったんだ」

　先輩は浮かぬ顔で告げた。

「いいなあ、日本から彼女がわざわざ来るなんて。感激じゃないですか。もっと喜ばなくちゃ。前祝いにこの巻き寿司を半分譲りますよ」

「ばかっ。声が大きい。香港買い物ツアーのついでだよ。木・金・土、二泊三日のフリーツアー」

先輩は小声で囁いた。

「それはちょっと慌ただしいですね。じゃあ、先輩は金曜日香港泊まりですか？　土曜日はメロメロで、ここまで帰ってこられないかも」

「おまえなあ。訳も分からずよく言うよ。俺の中では、彼女はもう終わっているんだ」

今週の金曜日は、日本人スタッフの出張手当と日本から届いている部品の受け取りのため、香港事務所へ行く用事ができていた。

「早く終わらせ、先輩の彼女を偵察に行こうかな」

興味津々で持ちかけると、

「だっとれ！　おまえはさっさと手当を持って帰るんだ」

先輩はついに怒り出した。それにしても、だっとれ、とはどういう意味ですかと尋ねると、

「おまえに合わせて、黙っとれのまを省いたんだよ」

「それって、僕がまぬけということですか。もう」

先輩のおちゃらかしは毎度のことだけど、こんな時に言うか。

「でないと、みんなから次の土日に遊べない、と吊し上げ食らうぞ」

先輩はあっさり撥ね付けた。


深圳から出境し、境界の小さな橋を渡れば、香港側の羅湖の駅だ。金曜日のせいか、中国から香港へ帰る人々で、イミグレーション（入国審査）は酷い混みようだった。三年前に、香港は中国へ返還されたが、五十年間は二国体制維持とかで、今も煩瑣な手続きは以前と変わらない。一往復で四箇所の身元検めがある。その度にパスポートに通行印が押され、頁のどこもかしこも真っ赤っかだ。

どこか他の国を観光してみたいけれど、あるのは日本と香港と中国の判子ばかり。パスポートの増補した頁は、もう残り少なかった。

電車はファーストクラスも混んでいた。かろうじてボックス席に座れたが、先輩とは二席隔てての離ればなれ。話をしようにも、周囲の携帯電話の声が煩くて、まったく、香港人の声帯は特別仕立てなのか、語尾を賑やかに震わせ跳ね上がる大音声の広東語が車両の空間を埋め尽くす。満員の客のほぼ半数が、携帯電話で喋っていた。

羅湖、上水、粉嶺、大和……

停車するたびに乗客の移動はあるが、どちらの隣席も空かなかった。そんな騒がしい中でも、僕は眠ってしまったらしい。

先輩に揺り起こされたときは旺角を過ぎ、終点の九龍はまもなくだった。九龍の駅を出て、先輩は香港島行きのバス乗り場に向かった。じゃあな、と手を振る姿に生気は感じられない。どうなるのだろう。半年振りに出逢うって、もう心が躍って、躍って、その踊りのリズムに同期して、ステップを踏む顔中の筋肉が緩みっぱなしになる、と思うのに。

香港事務所の所長は不在だった。残った三人の事務員はいずれも若い女性だ。一番愛想のいいエミリーさんは、北京語と片言の日本語を話すが、あいにく長電話中。こちらへ一度目礼を寄越したきり、あとは手元の分厚い書類と格闘しながら、喋り続けていた。

他の二人に通じるのは、広東語と英語だけだ。しかたがない。ファクシミリで届いた英文の送り状控えを見せ、手真似といくつかの簡単な英単語を並べた。不勉強がこんなところに出るなんて、と忸怩たるものを感じて、少々、自分に口惜しい。

工業高校を出て地元の中小企業に就職。まさか海外に工場が出来るなんて想像もしなかった。そして今、中国にいる。時々、これは夢の中じゃないかと思うことがあった。

しどろもどろで、なんとか用件を伝え終えた。オーアイシーなんとかかんとかかとにっこり笑ったので、理解してもらえたのだろう。まったく冷や汗ものだ。

預かった分厚い封筒は掏摸対策用として特別に誂えたズボンの内ポケットにしまいこんで、ファスナーをしっかり閉めた。数年前、混んだ九龍駅の構内で、ショルダーバッグをカッターナイフで切られ、中に入れた現金を盗まれたスタッフがいた。それ以来、誰もがお金の運搬には慎重になった。

ロッカーに保管されていた部品は、嵩は少ないのに予想外に重かった。小さな荷物だから楽勝だ、と煽てられて来たのに、背にしたリュックザックの紐がしっかりと両肩に食い込んでくる。

事務所のある三階から一階に下りてくるだけで、もう汗ばんできた。先ほど事務所でもらったミネラルウオーターの栓を勢いよく開けた。

九龍駅まで徒歩で二十分足らず。だが、これでは持ちそうもない。帰りはタクシーを使おう。出張経費の精算でタクシー代を請求しても大丈夫ですよね。石田先輩、承認印よろしくですよ。

そういえば、先輩は今頃どうしているだろう。もうすぐ夕食の時刻だ。どこか高級レストランで、素敵なディナーを前にして、この場合、中華料理じゃなく、やっぱりフランス料理のフルコースだろうな。そして、高級ワインをここぞとばかり開けるのだろう。

その後はビクトリア山頂で夜景を眺めながら、甘い言葉をささやくのだな。ホテルは最高級の五つ星。いや、ツアーに組み込まれているから、もう少し下のクラスか。でも、気分はきっと五つ星。先輩の頭の周りには、星がいくつも煌めいているだろう。羨ましいばかりだ。こちらは荷物運びのしがないポーターなのに。貴重品を所持しているから香港で長居もできないけれど、駅近くの回転寿司屋でちょっとだけ贅沢して帰ろうっと。

翌日の土曜日。工場は休日だったが、生産ラインは何本かが動いている。技術陣も全員出勤して、残った問題の対策に忙殺されていた。

僕も午後から自主的に仕事だ。報告書が溜まっており、先輩から急かされていた。それが気になったのだろう、休日には珍しく早起きしてしまった。食堂でコーヒーを飲んでいると、階段を下りてきたのは石田先輩だった。

「えっ、いったいどうしてここにいるのですか？」

頭がぼさぼさの先輩は、まるで亡霊を見るかのようで、朝の挨拶よりもなによりも、ここに現れた貴兄はどちら様でしょうか、と誰何したかった。

「羅湖のイミグレが最終閉まる前に抜けて、タクシーで帰ってきた」

「そんなことを聞いているのではないです。どうして香港に泊まらなかったのですか？　彼女を残して戻ってくるなんて。まさか部屋に連れ込んでいるんじゃないでしょうね」

とは言ってはみたものの、もちろん彼女が寮にいるはずはなかった。どのような顚末になったかは語らなかったけれど、今ここにいることからして良くなかった結果が、おおよそは想像できる。気になって、午後からの仕事にはちっとも身が入らなかった。

なかなか白状しなかった先輩にその夜、酒を勧め、なだめすかして聞き出したのは、次のようなあらましだった。

「彼女は別人のようだった。確かに美しくなっていた。二十六歳の成熟した女性？確かに、髪型と化粧を変えたせいだけではないな。スマートになって、細身の身体にブランド物の衣装が似合っていた。だけど、ふくよかさが消えて、それはダイエットが過ぎた、という理由だけじゃなく、せっかく身に付けていた美点をみんな削ぎ落としてしまったようで、性格も一層きつくなっていた」

「それは先輩が、彼女を一人日本で待たせていたことの因果ではないですか？　誰でも不安で思い詰めれば、食も細くなり、顔立ちだって変わるでしょう。先輩と一緒になれば、また穏やかになりますよ。きっと」

「いや、昨日の彼女が本来の彼女だ。彼女はそういう彼女にすっかり戻っていたんだ」

どうしてもっと連絡してくれないの。私、あなたをじっと待っている訳にはいかないのよ。一緒になりたい、という人だっているのよ。あなたが仕事でこれからも海外勤務を続けるのなら、今の仕事を辞めてこちらへ来てもいい、とまで思っているの。どうして黙っているの。返事をしてよ。誰か他に好きな人ができたの？

「まくし立てられ責められて、そんな女はいない、と言おうとした。だけど、その時、小玉ちゃんの顔が浮かんだ。ああ、いる、と俺は答えていた。ちょっと気になるだけだ、と慌てて付け加えようとしたけれど、彼女はもう俺の言うことを聞いていなかった」

だれよ。日本人？　それとも中国人？　中国人なら騙されているのよ。あなたって人が良いから。私がついていないと無理よ。見て。このネックレスに覚えがある？そうよ、あなたが二年前にくれたものよ。このネックレスを眺めながら、そして身につけて、いつもあなたのことを考えていたのよ。輝きは少しも鈍っていないわ。ねえ、私のほうを見て。私を見つめてよ。

「佳織は一方的に喋り捲った。半年のたまり溜まった思いを、ダムが決壊したかのように、一気に吐き出してきた。

もう一度やり直しはできるでしょうって？　確かに彼女といて、楽しいこともたくさんあった。この女以外には他にいない、傍らで眠る彼女の寝顔に、絶対にこいつを幸せにしてやりたい、と願ったこともあったさ。彼女しか見ていなかったけれど、あの頃、俺には彼女の何が見えて、何が見えなかったのだろうな。

でも、彼女の何かが鬱陶しくなってきたんだ。彼女の言うことはいつも正しい。彼女も自分のことは正しいと考えている。正しいことは必ず俺に伝わるはずだって。その正しい言葉が手元狂うことなく俺の気持ちをばっさり切ってくる。

彼女と張り合う気持ちなんてなかった。そうだな。彼女の言い分にはいつも従い、それを受けていた。そして、その喜ぶ顔を見て、俺も満足だった。ひとつ年下なのに、なぜか姉のような感じがいつもした。俺は姉の言うことをよく聞く弟だったんだ。よくやったわね、と誉めてもらえることが嬉しかった弟だ。

映画を観ても、喜んでもらえるような感想を述べていたに過ぎなかった。そして、私たち同じね、なんて言われて、まあね。って笑っていたんだ。そのほうが楽といえば楽だけど、いつも違和感を覚えていた。自分からリードしていく、なんてことがなかったからだろうな。だから、彼女とはキスを交わしたことがないんだ。させてくれなかったんだ」

ちょっと、ちょっと。まさか、この場に及んで出鱈目言わないでくださいよ、先輩。それって、面食らうではないですか。

「誰か他に自分の真心を捧げている男がいる、ってことですか？　ほら、体は許しても口づけは絶対駄目だ、というカラオケの小姐がいるじゃないですか」

「いや、そうじゃなくって、彼女の言い草だと、あなたが私の理想の男になったときのために取っておくの、ということだな。もちろん、唇に触れたことはある。だけど、一度もそれに応えてくれなかった」

「そのときのご褒美に？　なんか情けなくないですか？　先輩。彼女の言いなりだなんて。関係ができたのは何かのはずみですか？　ゴールが先だ、なんてどうしてそうなるのか教えて欲しいです」

自分で言いながらも、待てよ、ゴールっていうのは、一緒になって暮らし、最後の最後に訪れるものかも。それまではすべて中間点だよな、と一瞬頭をよぎったけれど、まあいいや。

石田先輩は女性から見てどうだろう。頼りないところが母性本能をくすぐる？　先輩が可愛いってことはないよな。

確かに、わりかし優男で、笑うと笑窪ができるところなんかは羨ましい。口は上手じゃないけれど、無口で取っ付き難いということもない。皮肉は言うけれど陰険なところはなく、まあ、男同士なら付き合える人だ。

「マニュアルや攻略本どおりに、誕生日の贈り物二十点。日本へ帰国するときのお土産三十点。電話は五点。せがまれてつきあえば五十点。こちらから無理に誘えば、マイナス点。いやそんなことはなかったな。そういう時はいつも拒絶されたから。そういう点数を積み重ねていただけさ。彼女が喜び満足した効果点じゃなくて、俺はこれだけしているのだ、という自分を納得させる点数だった。その自惚れの累積獲得点数にも有効期限があったのさ」

そんな自嘲や訳のわからない説明は、似つかわしくないです。いつもの先輩らしくないですよ。

なんとか励ましてあげたく思ったけれど、こういった話は苦手だ。僕には酒を注ぐことしかできなかった。ウイスキーが一本空になった。ちょっと待ってください、と取って置きの酒とおつまみを自室から持ってきた。

「彼女は求愛されているという男を引き合いに出して、俺の心を自分のほうに振り向けさせたかったのだろう。そして振り向かせた上で、俺との縁を終わりにするつもりだった。ところが俺が好きな人がいる、と言ったばかりに、彼女の自尊心を傷つけた。何だかんだ言っても、私からは離れられないはず、というプライドで出来ているのが、すなわち彼女さ」

「そうでしょうか。彼女の先輩への甘えの裏返しと思うけれど。先輩になら許されるだろう、という女心。可愛いじゃないですか」

一度も佳織さんとは話をしたことがないのに、僕は偉そうな口を利いた。

「おまえは当事者じゃないから、そんな能天気なことが言えるのだ」

「第三者だからこそ、客観的にみて良いアドバイスをしてくれた、と誉めて欲しいものですよ。でも、振られることに我慢できない佳織さんは、これをきっかけに、また縒りを戻したいと願うかもしれませんよ。明日にも電話がかかってきたりして」

「いや、もうそれはないだろう。それでも香港に行くときは、もう一度寝てやれ、なんて思ってたんだ。彼女の反応ぶりに変化があるのか、知りたかった。でも、逢った時から、もうその気にもなれなかった」

「先輩は恋愛に何を願っているのですか？」

不器用でやっかいな性格だな。答えは返ってこないだろう、と思いつつ、訊いた。

「ご機嫌を取るのはもうたくさんだ。共に成長していくというのか、困難なことにも一緒に向かっていく喜びというのか……」

うまく言えないが、と後の台詞は飲み込んでしまった。

「小玉ちゃんとなら、それができる、と言うのですか」

「そうなりたい、と思う」

低く、それでもしっかりした口調で、先輩は言った。

⑽

七月四日。早めの夕食を取った。今夜は外注先で操作パネルの成型立ち会い。現在修正中の最後の部品である。外観不具合という太平洋電機審査会での指摘事項なので、明日の量産試作を行なうために、改善は必須事項だった。

予約していた車は羅さんだった。彼は契約している運転手の中では珍しく、交通規則を遵守する。信号には律儀に従い、速度制限を超えることはまずない。約束の時間に余裕のない時など、後部座席から焦って急かすのだが、どこで覚えたのか片言の日本語で、日本の諺に慌てる乞食は貰いが少ない、とありますね、なんて悠揚として応えるのだった。

外注の成型メーカーでは営業担当者が出迎えてくれた。少しお待ちください、と案内された応接室で、技術部の河原さん、品質管理部の石田先輩と僕の三人が待ち構える。

ここの金型部での昨日から夜を徹しての改造が、ようやく完了したのだ。先ほど二百五十トンの射出成型機に金型を取り付けました、と事務員が報告に来た。

コーヒーカップやミネラルウオーターのボトルを片付け、取り出した図面を広げ、変更箇所を入念に確認する。条件出しが終わる頃を見計らって、現場へ向かった。

試打品が出れば、まずは図面と部品検査基準書に従って外観の判定を行なう。不具合が発見されれば、また金型の修正だ。

一回目のトライでは離型が悪く、何度も成型条件を変えて試みたが、形状が大きく歪み、外観面に突き出しピンの跡が消えなかった。おまけにスイッチつまみの穴の周囲にウエルドラインがある。グリルロースターの顔になる部品だから、これでは話にならない。がっかりして現場から引き上げた。

この修正は簡単で半時間もあれば直りますよ。ちょっとピンを削り、型を磨くだけですから、との説明だった。だが、手こずっているのか、一時間経っても連絡が無い。様子を見に行くと、まだ金型は組み上げられておらず、分解されたパーツが工具と共に作業台に散乱したままだった。

数名の居残った金型工が手がけているのは、どうも他社から受けた金型のようだ。肝心の操作パネルの母型は、奥の放電加工機に乗っていた。抜き勾配の不十分な箇所を少しばかり磨くだけではなかったのか。

その加工機の中では、電極が規則正しく上下運動を繰り返し、火花を放ちながら母型を穿ち続けている。モーターの気だるい唸り音が床に溜まり、夜風の入らない工場内は、沈殿したそれらでぼんやり霞む。金属を削るエアーリューターの甲高い軋み音が、断続的に沸き立ち、その不協和な一撃が、霞の層を突き崩す。一瞬、切削油の焼ける臭いが鼻を刺す。

応接室は空調が効き、上着が欲しいほどだったが、現場は雨にもかかわらず夜になっても涼しくならず、設置された幾つもの加工機からの放熱が、僕達の気分を損耗させた。深まる夜に抗うように、水銀灯の灯りがやけに眩しかった。

今までも担当者の巧言に何度騙されたことだろう。これでは徹夜も覚悟だ。総経理からは出来るまで帰ってくるな、と厳命されていた。

応接室に戻り、冷めたコーヒーを口にした。砂糖は少なめにしていたのに、妙な甘みが舌に残り、気分はすっきりしない。誰もが口を開かず、ソファーに背を預けた。

そのうち待ち飽きたのか、河原さんがなにやら提案してきた。

彼は毎年新製品の立ち上げに出張してくる技術部の便利屋だ。僕より二歳年上の二十六歳。仕事はそつなくこなすのだが、最終決定権がないため、上司にいつもお伺いの長電話をしている。

方針を貫き、容易には妥協しない、といえば聞こえはいいが、現場の実態を知ろうとせず難題を押し付けてくる本社側だ。能力以上を要求されるその対応に常に必死の様相の河原さん。おまけに納期に迫られ綱渡り状態の工場側との間に挟まれるんだから、といつも零している。

それなのにへこたれることなく、夜毎遊び回っているタフな人だ。あいついったい何時寝ているんだ、と寮で同室になった小橋さんが不思議がっていた。

「原田君、好みの女性を設計するんで、検査を頼めるかい」

河原さんは女性の輪郭図を描いたノートを目の前に広げた。

「なんだ、なんだ。ノートに向かって仕事しているのかと思ったら。さすが、河原さん」

こちらはあなたの設計が悪いための徹夜だぞ、と恨めしく思っているのに、平然とこんな阿呆たれなことを提案してくるなんて。この並外れた性格に呆れ、感心してしまう。

そう言わせてしまう僕も同類と見られているのだろう。たしなめることなどとてもできず、面白がってすぐ乗ってしまう癖も、我ながらに情けない。

「設計仕様書が出来れば、図面はすぐにでも引けるさ。今年は三次元ＣＡＤを修得したからね」

「それにしては精度の悪い図面でしたね。おかげで、こうして苦労をしているではないですか」

「それは言いっこなし。検図をしたのは上司だからな」

と反省の端切れもない。

二歳年上に向かって、最近の若者は、と意見する気はもうとうないけれど、あなたはいつか墓穴を掘りますよ。いや、いつかではなく、もう毎日少しずつ掘っているんじゃないですかね。

「まずは外観。身長・体重・スリーサイズ。測定器は巻尺、ノギス・拡大鏡に三次元測定器。いやいや測定器は不要だな、この腕があれば、ぐるっと回してどんぴしゃだ。穴径はこの場合、何で測ろうかね」

「ピンゲージですか、品質管理部にあるゲージは二十マルまでしかありません。生産技術部に伸縮自在の測定治具を製作してもらわなくっちゃ」

「僕のでは基準器にはならんな。温度変化ですぐ狂ってしまうからな」

「摩擦熱で？　おおっ、敏感すぎるのも困り者ですね。寸法を一定に保つために、常に恒温槽に保管しておく訳にはいかないし。河原さんは夜な夜な寮を抜け出して、磨きをかけている、という噂じゃないですか」

「いやいや、それは噂だけ。僕は人見知りする性質で、なんとかその性格を変えたいと思っての一途な行動なんだぜ」

臆面もなく返答してきたのがこの科白だ。

「肌の色は限度見本で、上限・下限を決めてと」

「色ずれは重要項目じゃないですね。それよりも肌の質感が大事です。シボ見本帳は当てにできませんよ」

「やはり、僕のこの掌だな」

「個人の感覚は採用できませんね。数値化できない検査器では判定不能で用をなしません。表面粗度計と硬度計でなんとかなりませんかね。組成物質はもちろん環境負荷禁止物質を含まないこと。工場のX線分光計は、五センチ四方のテストピースが要りますね」

「おお、肌を切り取ることは難しいし。第三者機関の証明書で代えるとするか」

「いや、偽造されても僕らには見破れませんよ。性格は極めて判定困難ですね。性格を測定する機器があれば、各要素を数値化して、チャート紙に性格すこぶる良好って総合判定を出してくれるのに」

「性格かあ。性格なんてのは僕には不要だな」

「それはそれは包容力のあること。どんな性格でも対応可能なんですか」

「いやいや、性格なんてそんな面妖なものは、端から無視。当面、良好な物体があればそれで充分」

なんて、これも河原さんらしい理屈だ。

「僕は設計者。デザイナーから美しいデザインを提示されたら、機構は僕の担当。惚れ込むようなデザインには、設計にも力が入るからね。性格は僕の関与するところではなく、ソフトは制御チームに任せよう。分をわきまえている、と称賛して欲しいな」

そんな馬鹿な話を続けていたのだが、先輩は全く話に乗ってこず、ソファーにもたれて、ぼんやりと煙草をくゆらしているだけだった。

「先輩、今なにを考えているか当てましょうか。ずばり小玉ちゃんでしょう？」

先輩は肯きも否定もしなかった。

「そうだ。まだ時間がかかりそうだし、紅花亭まで軽く腹ごしらえに行きませんか。どこかで飲茶でもいいですけど」

紅花亭ならここから車で一時間足らずだ。閉店時間の十一時には、まだ間に合う。先輩は、なぜ早く言わなかった、上司への提案力査定マイナスだな、なんてお決まりの減らず口を寄越して、すぐ立ち上がった。

早速、待たせておいた車で出発だ。車の中で仮眠をとっていた羅さんは、私もお腹が空いていたところです、と快諾してくれた。

紅花亭では、店主が店先の暖簾を片付けようとしていた。

「今日は客も少ないので。雨模様だし、早仕舞いをしようと思ってね。小玉ちゃん？もう帰らせました。すみません。電話してくれれば良かったのに」

それでも簡単なもので良かったら用意しますよ、という店主の好意に甘えて、店を開けてもらった。

仕事中だけど、まあ一杯ぐらいならいいですよね、と先輩がノーと言うはずがないこと見越して、ビールを注文した。突出しに枝豆と冷奴は定番だ。人数分は充分あった。そして残り飯で、これは明日の従業員用に回るものだったそうだが、無理を言って、梅干とおかかのむすびを握ってもらう。この店では中国の東北米を使っている。外米といっても日本の味に近く、これだけでも、ついお代わりをしてしまうのだ。

店主も自分用のコップを持って、テーブルにやってきた。

小玉ちゃんの話になった。

「あの娘はいい娘だな。浮ついたところはなく、仕事も裏表がなくて、いつも一生懸命だ。わしがもう少し若ければ、嫁に欲しいところなんだがね」

「ずうずうしいなあ。主人には今も若い嫁さんがいるじゃないですか」

店主の嫁さんは、時々、店に手伝いに来るしっかり者で愛想の良い女性だ。カラオケで働いていた娘を強引に引き抜いて、一緒になったのが二年前と聞いていた。

「ここで一年前に開店したのは、高速道路ができるとかで前の店の在った一角が立ち退き整理にあってね。問答無用だったな。こちらのお役所は鉛筆で地図に一本線をまっすぐ引くと、もう決まり。住民の生活なんかお構いなしさ。まあ、その頃のことだがね。うちで働いていた店員が日本人の客に騙されて、孕まされ捨てられた。そいつは日本でも名の通った大企業の駐在だぜ。それからは、従業員には客と親しくなっても、絶対深入りしないよう申し付けている。日本人のほうが信用できない、とは困ったことだ。女の子も日本人と一緒になれば玉の輿、と考えているのが多いからね。まあ、わしの嫁もそうだったが。やっぱり日本語のたどたどしい物言いが、客を惹き付けるのかね。

とにかく海外に出ると性格が変わるのが多い。いや、もともとそういう性癖を抑えつけていたのが、此方へくるとたちまち覆っていた薄皮をかなぐり捨ててしまうのか、捨てる気がなくても、海外の悪い空気が溶かしてくれるのか、年の離れたそれこそ娘のような若い女と手をつないで歩いているのは、香港人、台湾人。そして日本人も負けちゃいないね。まったく色情狂と言うしかない者が、日本へ帰るとどうも立派な紳士として通用しているらしい。わしはもう日本を捨てたから、こっちで好きなことしているが」

今日の主人は、普段の様子からは想像できないほど多弁だった。

「こちらの人はビジネスには辛いけれど、個人的にはいったん信頼すると義に厚い。まったく逆だね。でも、石田さんや原田さんは今のところ信用していますよ」

と杯を勧めた。これ以上飲むと仕事ができなくなりますよ、といちおう遠慮しなが

らも、杯を受け、

「えっ。今のところですか」

少し憮然となってみせる。

「そう、君らぐらいのほどほどが、ちょうどいいよ」

それって褒められているのでしょうか。

「そういや、奥さんが日本からやって来た時、どこかの総経理さんは部屋中を掃除機で懸命に吸い取ったと言っていましたね。そりゃあそうだ。長い髪が見つかると大事だもの。その時、部屋の中はもう治外法権の海外でなく、日本の一部と化すわけだ。まともなのはお宅の会社にいた春野さんぐらいかなあ」

春野課長は日本に老いた父親と奥さんと子供三人を残し、資材担当で駐在していた人だ。

奥さんからは毎日電話がかかり、愛妻コールと冷やかされていたが、その実、電話に出る春野課長の声は憂鬱そうだった。痴呆症の始まった義父を抱えて、未だ介護施設に空きは無く、苦労する奥さんからの長い電話だった。

帰国願を出していたが、後任者の決定が遅れて、待ちの状態が続いた。工場は繁忙期に突入してしまい、結局、退社届を出し、先週末に帰国していった。

送別会を有志で企画したが、多忙中、申し訳ない、その気持ちだけで嬉しい、と受けてはもらえなかった。

部屋には本棚一杯の時代小説が残されていた。資材担当ゆえ取引会社からの誘いは絶えなかったはずだが、付き合いは部下に任せ、休日も出歩くことはほとんどなかった。日曜日の夕食で二合のお酒を楽しみに、一人の静かな生活を過ごしていた。口の悪い連中からは、春野さん何が楽しみで生きているの、本なんて日本でも読めるでしょう、とからかわれていたけれど。

それでも、工場のみんなは尊敬していたのだ。

製品の企画から量産までの過程で、DR（デザインレビュー：設計審査ともいう）が開かれる。会社により違いがあるが、三山電器の場合は、

・DR1……営業企画課から提案された製品企画の審議。主に製品の仕様と大まかな製品原価および金型や専用設備などの投資額が検討される。
・DR2……設計が完了した時点で、手作り試作品を元に試験を実施し、設計に問題がないか、原価は目標の粗利を確保できているか、金型を発注してもいいかの検討を行なう。金型投資の総額は数千万円にも及ぶので、経営陣からの追及も厳しくなる。
・DR3……金型品による審査。社内製品規範を満たしているか、消費者の誤った使用方法に対しても問題はないかを検証する意地悪試験などの結果が報告される。

・ＤＲ４……製品の性能だけではなく、製造工程における作業性等を確認し、量産へ移行できるかを審査される。

の四つの関門があった。

いずれも、その性能、安全性、信頼性、原価・粗利総額、法規適合性、他社の特許や意匠に抵触しないかの調査結果、技術困難度、生産性、保守・サービス性などの特性が、製品の開発目標である製品開発書を満たしているかを繰り返し突っ込んだ審査となる。

これらは太平洋電機の製品審査会の内容とほぼ同じだ。なかでも原価について多くの時間が取られるのは、下請け会社の特徴であり宿命かもしれない。

ＤＲに合格しないと、例えば、ＤＲ３－１、ＤＲ３－２、ＤＲ３－３……、延々とそのステップに渋滞することになる。

三山電器の得意先のひとつにクーガー電気がある。先代の社長からの取引先で、数々の調理家電を供給していたのだが、最近では、中国のローカルメーカーに直接発注もしており、副社長から巻き返しの号令がかかっていた。

そのクーガー向けトースターのＤＲ３が開催されたときだった。

原価が合わず、副社長が春野課長に、

「もう50円、部品で下げるように。特にタイマーが高いのではないか」

とにらむように指示を出した。

タイマーはトースターの製品原価の約10％を占める重要安全部品だ。

やれやれ、会議の終わり近くに厄介なことを言われたものだ、と出席する関係社員たちは昼時間を気にして時計を見た。

副社長の命令には誰も叛けない。「なんとかします」と言ってくれれば、原価の項目は残課題として保留されるものの次のステップに移行できたはずだ。

ところが、

「このタイマーは汎用タイプであり、精度は15分±15％です。パンの焼け具合に大きく影響します。これよりまだ50円高くはなりますが、±5％のタイマーを採用してはいかがでしょうか。品質も安定していますし、得意先も歓迎すると思いますが。コストはできるだけ頑張ります」

これには誰もがカミナリが落ちるかと思った。ＤＲ１の段階でならともかく、この場に及んでコストアップになる提言をするとは。

だが、どういう風の吹き回しか、

「なるほど、クーガーに恩を売るのもいいかもな。これを訴求ポイントにして数売ればいうことなしだ。技術部は設計見直しで30円、資材は50円下げろ。物流部は20円。

営業は少しでも納入価格アップを申し入れろ。以上だ」

副社長は居並ぶメンバーに言い放ち、部屋を出ていった。

会議は終了したが、名指しされた部門の責任者はおさまらない。

「この段階で設計変更なんかできんわ。性能は落とせんし、最終の納期も厳しいのに。第一、部品のスペックに口を出すのは、越権行為だぜ」

「納入価格はもう決定済みだ。ただでさえ、他社に取られないようぎりぎりの価格を出しているのに。為替レートが変わらん限り、とても、とても」

「資材さん。けつ拭いてよな。コンテナや倉庫の物流費は先月新価格で決着したばかりだからなあ」

会議後、相当に紛糾したとの話だ。

まもなく中国工場へ転籍になったのも、この件が影響しているのではと噂になった。春野課長の堅実な手腕が買われたのが本当だと僕は思うのだけれど。

春野課長のような人もいれば、河原さんのような奴もいる。

おしゃべりな河原さんも人生の先輩に対してはおとなしく聞き役に回っているのか、と横を見れば、コップを両手で押さえてぐっすり寝入っていた。

そろそろ時間だな、遅くまでお邪魔しました、と店を出たのが午前零時過ぎだった。

戻ってみると、ちょうど試作が始まっていた。

「安心してください。これならいいでしょう」

自信有り気に営業担当者が、まだ温かい試打品を目の前に差し出した。だが、まだかすかにピン跡が白化している。許容範囲かと判断し、今回はこれでいきましょうよ、と先輩に縋り付くような目で祈った。だが、石田先輩からは、きっぱり、不合格、の一言。

「甘いな、原田」

の追い討ちが来て、落胆する。

「これで満足すると、量産ではばらつくからな。あとで必ず酷い目にあうぞ」

それはそうですが、これを限度見本として承認すればいいでしょう、とすねてはみたが、それには答えず、先輩は再トライを命じた。

そうして一時間後。どうやら満足できる出来栄えのものが出た。正式には二十五℃の雰囲気に二十四時間放置し、形状が落ち着くまで待つのだが、その時間がない。とりあえず水で冷やし、簡易的に安定させることにする。

外観細部を確認後、持参したノギスやピンゲージで各部の重要寸法を測定。すべて図面の寸法許容差に適合していた。嵌合部品との組み合わせにも、隙間や段差は許せる範囲だ。

やっと終わったか。やり切ったという満足感よりも、三人は力が抜け、呆けた顔で互いを見たのだった。

だが、これは仮仮承認だ。正式には工場の受入検査課で、図面に記載された全ての寸法と注記にかかれた項目を、三次元測定機や投影機を使って測定し、部品認定書を作成する。

測定は中国人スタッフが行なうが、確認は石田先輩の業務だ。ここで合格しても、まだ仮承認。その後、日本本社の技術部と品質保証部で最終承認が行なわれる。そこで初めて正規部品と認定され、金型代の支払いがされるのだ。

でもそんな長い道のりは今はどうでもいい。僕にとって重要なのは明日のこと。明日のいやもう今日の午後から始まる量産試作の組立用に、三十セットを用意してもらい、外注先を出たのは五時前だった。

工場に戻れるのは、飛ばしても、六時か。いや運転手の羅さんはこんな時でも安全運転だろう。帰って始業時間ぎりぎりまで横になっても、眠れるのは一時間余り。うっすらと明るみだした山際に、今日の長い一日が思案顔で覗いている。日本との一時間の時差。向こうでの憂鬱を落とし切れず青褪めたまま、ここへやってきたのだろう。撒き散らされた憂鬱を、僕達は押し返せないまま、毎日翻弄されている。太陽が夜明けの寝ぼけ眼を擦りながらも、照れ笑いの顔で現れるのは何時のことだろうか。

もう少し、もう少し、と自分に言い聞かせながら、車窓から入る朝の風に吹かれているると、車はハザードランプを点滅させ、河沿いの空き地に停車した。

「羅さん、どうしたんだ」

「どうもエンジンの調子がおかしくて、ちょっと点検します。待っててください」

と降りるやボンネットを開けた。

なんてことだ。河原さんと石田先輩は後部座席で何も知らずに夢の中。あくびをしつつ、助手席から外に出た。

河向こうの人民広場から、心安らぐような音楽が流れてきた。二胡と琴。樹々の間から、老人たちを中心に太極拳を始める人たちが見える。

ゆるやかに四股は舞い、ゆっくりと　ゆっくりと。まるで人生を振り返るかのように背を回す。

つられて真似をしていると、軽エンジンの音が近づいてきた。

ポンポンポンポン。長閑な音が朝の河面を伝わる。

広くもない河を漁場とする老夫婦だった。エンジンを切り、棹を持ち器用に小舟を操る妻とひたすら川面に網を投げる夫。朝の光に波頭が光るたび、つぎつぎと魚が網の中に飛び跳ねる。

けっして豊かではないだろうささやかな生活が目の前にあり、それを見ている僕がいる。

「大丈夫です。乗ってください」

歴史を生き抜いてきた人々の幸せを、と柄にもなく不相応な大きな願いを昇る朝日に祈っていた僕に、羅さんの声がかかった。

どうやらオーバーヒートの兆候だったと羅さんが説明する。水を補給し、なんとかエンジンは始動した。

乗車前の点検は基本中の基本だろう。工場にもたくさんの加工機や測定器がある。使用前には点検基準に従っての点検は品質確保・安全確保のための必須事項だ。

ぼんやりと霞む広場の時計台。大きな針が五時半を告げた。

急いでくれよとの檄に、できるだけ頑張りますと答えた羅さんだったが、やっぱりいつものとおりだった。

やっとのことで寮に着くと、シャワーも浴びずにベッドに倒れ込んだ。

⑾

中国で操業する日系の企業形態には、現地企業との合弁と単独で経営する独資とがある。政府との交渉が円滑に進むよう、通常は五十一対四十九の合弁が多い。だが、日本側の都合や融通が利かないことも多くなる。そのため、三山電器は相手側の思惑に煩わされることのない独資を選択していた。

といっても、日本人だけの経営は困難だ。工場のナンバーツーである副総経理は中国人が職務に就いており、地方政府との交渉に当たる管理部の部長も兼任していた。

また、工場長として、工場が所在する村の村長の奥さんが雇われていた。工場長とは名ばかりで、生産など工場運営には一切関与はしない。主な役目は公安関係の対応だ。週に一、二回、午後に顔を出すだけであったが、随分な高給を貰っている、という噂だった。

四十代半ばのその奥さんが、僕を家に呼んでいるという。電気製品の調子が悪くなったから調べて欲しい、との依頼だが、

「きちんと言うことを聞けよ。どうもおまえに気があるようだからな」

総経理がにやりと笑う。どうもこの人のにやりには、思いやられる。いつも閉口することが起きるのだ。

「そんな怖いこと言わないでくださいよ。僕はそんな年増には興味ありませんから」

「人生で起きること、すべからく受け入れてこそ、人間の器が大きくなる、というものだ。我が社の命運ここにあり。君は今日から将来の総経理候補生だ」

とんでもないことを口走る。

グリルロースターの量産準備でそんな暇はないのです、と言い張ったが、ご指名だから、となだめすかされた。しぶしぶ工具箱とアフターサービス用の部品を持って村長宅に向かうことになった。

村長の家は工場から歩いて五分ばかりの住宅街にあった。周囲の民家は古く、壁の赤レンガもくすんで潰れそうな集合住宅が多かった。それに対してこの一角は、最近完成したばかりの西洋風を真似た一戸建てが並び、庭先の芝生には白いロココ風の卓や椅子などが置かれている。

気後れしながらも、玄関の呼び鈴を鳴らした。すぐに奥さんが出てきた。工場では普段着の姿しか見ないのに、お出かけするような服を身に着けている。これはやばいな。一瞬ひるんだが、待ってたわ、さっそくお願いね、と腕を取られた。

連れて行かれたのは、玄関横の広い台所に備え付けられたオーブンレンジの前だった。工場で生産中の製品だ。日本市場に向けて昨秋より生産開始したもので、いつの間に持ち出されていたのだろう。中国の220Vの電圧で使用可能なように、変圧器が取り付けられていた。

ボンネットを外し、テスターで調べていくと、故障の原因はすぐ摑めた。電流ヒューズが切れているだけだった。これなら修理は容易い。

とりあえず、ノイズフィルター基板に組み込まれたヒューズを、新しいものに交換する。ついでに内部に溜まった油ぼこりを拭い、仕上げに操作部や庫内を丁寧に工業用アルコールで拭き取った。電磁波が漏洩していないか、扉周りを検査器で調べた後、動作確認して修理は完了。

ただ、電流ヒューズが切れるような大電流がなぜ流れたのかが問題だ。最近、多い雷のせいならいいが、内部で絶縁不良を起こしておれば問題だ。

「もし、また調子が悪くなったら、絶対に触れないでください。工場へ運んで検査しますので」

「わかったわ。それにしても手際の良さに感心したわ。さすが技術者ね」

と、一部始終を見守っていた奥さんは煽ててから、

「お礼に夕食を食べていってね。家では料理を作ることは少ないけれど、これでも得

意なのよ。今から準備に娘を呼ぶから、向こうのソファーに座っててね」

と促した。

ダイニングに続く広いリビング。二十畳くらいあるだろうか。床のフローリングが輝き、天井には豪華なシャンデリアにゆっくりと回る天井扇。快適な空間に、贅沢な暮らしぶりが窺えた。

工員寮は雑居部屋で、工員達の住居環境とは大違いだった。

工員寮は雑居部屋で、日本風にいえば六畳ぐらいの一部屋に四～六人が住んでいた。狭い室内には、向かい合わせに三段ベッドがふたつ。ベッドの寝床部分が唯一個人の占有部だ。これでも故郷の田舎の家より恵まれている、という。両親に送る金のため、残業代を求めて深夜まで働く彼らの憩う場所というよりは、宿舎は束の間寝るだけの人間倉庫だった。

一人っ子政策が進み、子供の意識も変わりつつあると聞く。あと何年かすれば、賃金も上昇し、定時以降は仕事よりも余暇を楽しむ時代が来るだろう。だが、村長宅はとっくの昔に実現済みのようだ。

隣の部屋から、待っていました、というように、二十歳前後の女性が出てきた。

「初めまして。私は娘の黄明花といいます」

ええっ、これは娘と引き合わせるのが目的だったのか？

まだ、工場で急ぎの仕事が残っていますので、と無理やり退去しようとしたのだが、

「いいじゃない。私から総経理に電話をしておくから」

と奥さんに押し切られてしまった。

調理を手伝うはずの娘は僕の前に座り、お茶でもてなしてくれようとする。朱泥の小ぶりの急須に盛られた葉に熱湯を差し、しばらく蒸らす。龍井茶という中国では名の通った茶葉だそうだ。訳のわからないまま、はあ、そうですか、と僕は少し感心してみせる。

すすんで話すことなどないので、つい、湯呑に手がいってしまうのだが、小さな茶杯だ、空にすればすぐにまた注いでくれる。何杯飲んだことだろう。これでは食事が始まる前に、お腹が膨れてしまいそうだ。

娘は母親に似た南方系の顔立ちで、美人とは言いがたいけれど、二重の大きな瞳が丸っこい顔によく動き、少し横に開いた低い鼻も愛嬌があった。大学が夏季休暇に入り、帰郷中なの、と自分を紹介した。

「来年の六月には卒業するので、会社に採用をお願いしよう、と考えているの。それまで娘に日本語を教えてくれないかしら」

奥さんが食器を並べながら、嬉しそうに言う。

工場長の娘なら、管理部も採用を断ることはできないだろう。そうなれば、事務所へ行くたびに顔を合わすことになる。それまでにも工場長宅に日本語の家庭教師で通うことになるのか。それも悪くはないのかな。

一瞬思いかけ、なんていうことを、付き合うならやはり王姉のほうがいい、彼女の夢を見るぐらいなのに。でも、王姉はまったく見込みがないしなあ、とついつい考えてしまう自分が嫌になる。

それもこれも自分の周囲に華やいだことがないせいだ。休日が待ち遠しいのも、昼まで思い切り寝ていられるというだけのことだ。

デートの約束なんて、寮で観る映画やテレビドラマの世界にだけ存在するものだった。薄いＤＶＤに張り付いているだけで、僕の現実にはない。あんなに簡単に男女が知り合い、時間を共にするなんて、今の僕のどこを探せば、見つかるのだろう。


寮に戻ると、食事を終え休憩中のみんなが、いっせいに僕を見た。

「おう、えらい遅かったたな。そんなに修理に手間がかかったのか。それとも何か事件が起きたのか」

またしても、総経理がにやついて報告を求める。

「修理は無事完了しました。食事は豪華でしたよ。以上報告終わりです」

投げやりな口調で早口に伝えると、今日はもう終わります、タイムカードは押しておいてください、とそこにいた石田先輩に頼んだ。

「ご馳走になってきたということは、第一段階合格だな。次のご招待は、約束してきたか」

と総経理。ふん、全くの愚問だ。これだから若い者に嫌われるのだ。

僕は無言で冷蔵庫からビールを二缶取り出し、十元札を一枚料金箱に入れた。そして、大袈裟にため息をひとつ残し、わざと疲れた足取りで、二階の自分の部屋に上がっていった。

翌日、資材搬入倉庫にある受入検査室で、部品検査に立ち会っていると、事務所の受付から電話が入った。

「原田さん、お客様ですよ。事務所の応接コーナーで若い女の方が待っています」

僕に女性の訪問客？　誰だろう、思い当たるのは部品メーカーの来社打ち合わせだが、明日の約束のはずだ。若い女の方、と含み笑いして電話を切ったのが気にかかる。

検査室から出ると、真夏の太陽が痛い。エアコンの効いた検査室と三十五度を超える屋外とを出入りすると、たちまち、ここ何週間も続く深夜までの仕事で消耗しきった体に響く。

製品の耐久試験のひとつに、マイナス二十度の低温と六十度の高温のそれぞれの雰囲気下に一時間、製品を置き、収縮、膨張を繰り返すヒートサイクルテストというものがある。それと同様な人間の耐久試験を課せられているようだった。まして今日は昨夜の深酒のせいか、構内のコンクリートからの照り返しがやたらと眩しく、安全靴が重かった。

事務所の低いパーテーションで仕切られた応接コーナーに、私服の女性が座っていた。工場の制服を着た事務員が行き来するなかに、赤いワンピースが不釣り合いに浮いている。

工場長の娘だった。やれやれ。それでも、振り向いた彼女から、こんにちは、と微笑まれ、その若い笑顔に心動くものがあった。

用件は、持参した大判の封筒を管理部へ渡してほしい、という依頼だった。村政府からの急ぎの資料だという。それなら別に僕を呼ばなくとも、直接受付に預ければいいものを。

工場長が急用で出社できないため、娘に託したというが、なにかお芝居くさい。意図が明瞭過ぎて、工場長、ちょっと見え見えですよ、とぼやきたくなる。

彼女は服と同じ色の糸で、短い髪を後ろに括って束にしていた。この前、工場長から、中国の女性の感想を問われたとき、長い髪が素敵ですね、僕はポニーテールに惹かれるのです、なんて言わずもがなのことを口走ってしまった。中国の若い女性の多くが長髪にもかかわらず、工場長の娘は短髪であるのを見越して言ったつもりだった。

それを聞いたのだろうか。

あとで思えば、赤い糸からかろうじて出た髪の三センチが、娘の意志を表していたのかもしれない。でもその時は、あれっ、髪型を変えたのかな、とちょっと思っただけだった。

書類を受け取った後、ご苦労様、と労ったきり、周囲の視線が気になったこともあるけれど、敢えてそれ以上中国語での応接はしなかった。

彼女は何か言いたげな視線を投げてきたけれど、会話は途切れてしまい、立ち上がって、それでは、と日本式のお辞儀をした。そして玄関まで見送った僕に、「再見」と小さく手を振り、玄関を出て行った。

彼女の発した四声を、さようなら、という別れの際の単なる慣用語として受け取り、僕も、「再見」と軽く返して検査室に戻った。

また会いたいです、という声にならない想いが、玄関の扉の前で立ち往生していたなんて、受付にいた陳さんに、後で冷やかされるまで、気付きもしなかった。

⑿

いよいよ、グリルロースターの量産が始まった。新設のラインに並んだ五十名の工員。そのほとんどが、田舎から出てきて間もない若い女性達だった。

頭に巻いたスカーフは黄色。注意信号、新人の印だ。その黄色の列がほぼ途切れることなく最後尾まで続く。研修を終えたばかりの彼女達は、コンベアの速度に遅れまい、と一心不乱だ。

半田によるリード線の接続などの重要工程、電気検査などの安全工程には社内資格を取得した経験者の青色が交じる。

コンベア上を流れる半製品に次々と部品が取り付けられ、完成品に近づいていく。幾本もの電気ドライバーが唸る中、工員達が各工程に掲示された作業指示書どおりの作業を行なっているか、太平洋電機の面々と工場のスタッフがラインを巡回し確認していく。

空調設備のない現場だ。工員達の夏服の背中が汗でびっしょり濡れ、その薄い生地に下着の線が写る。思わず足を止めていると、後から肩を叩かれた。

「おい、おい。何を点検しているのかね」

先輩だった。

「も、もちろん、作業方法のチェックです。正しい身だしなみが作業の基本ですから、それにも気配りすることが必要かと」

にやにや笑う先輩に、僕はどもりながら言い返し、慌てて次の工程に移動しようとした。

「3Hの製品だ。しっかり観察するんだぞ」

すかさず先輩の声が止めを刺すように飛んできた。

3Hとは〝初めて〟〝変更〟〝久しぶり〟の頭文字を当てたものだ。ある程度流した製品であれば注意すべき要点も把握しており、面倒な事が起きることは少ない。厄介な問題が起きるのは、やはり、新製品であり、今回のように変更が続いた製品だ。

「Hのかたまりですね。盛り盛り。まるで先輩のようです」と、いつもなら返すところだが、太平洋電機の黒崎課長の顔が見えた。

あわてて、顔を引き締め、

「承知しています。任せてください」

僕は大きな口を叩いて、工程チェックシートを振ってみせた。

百台組み上がったところで、ラインが止められた。次にやるべきことは、先頭より完成品を梱包箱から取り出していき、正しく組み上がっているか検める作業だ。ささいな傷も含めて不良率が一パーセントを切るまでは、この検品を繰り返す。

不具合の多い項目は、それが発生した工程にスタッフが張り付き、工員の動作を凝視する。作業指導を行ない、使用する治具を改善し、問題が解決するまでは、スタッフも作業者も必死の形相だ。

軽微な不良が一パーセントを切ると、いよいよ本格的な生産開始となる。それからは毎日、ラインタクトと呼ばれる作業者の持ち時間を短くしていき、目標の生産数に近づけていく。

量産に入ってからの初期流動監視期間は一ヶ月。その間は特に油断できない。だが、社内の前工程や外注先を走り回るということはなくなった。毎日の品質記録を本社へ送るという業務は続くけれど、決めたこと、決められたことを工員達に遵守させることを徹底するだけだ。

十日後。四十フィートハイキューブのコンテナで一本、千台の初出荷が終わった。日本に到着すれば、太平洋電機で着荷検査が行なわれる。これに合格すれば、長かった開発ステップは終了し、あとは工場の日常管理となる。

「今回のグリルロースターの量産では、改めて三山電器さんの底力を見直しました。無事、日本に送ることが出来、総経理を始め皆様方、本当に有難うございました。今後ともお力添えをいただきたく、よろしくお願いいたします。特に品質が重要です。石田次長さん、頼りにしていますよ」

　太平洋電機を代表して黒崎課長が挨拶をし、深々と頭を下げた。先輩は拘っているようだったが、それでも、顔を真っ直ぐ向け、

「はい、任せておいてください」

　ときっぱり答えた。

うん、黒崎課長も悪い人ではないんだな。あの時、酒で醜態を晒したのもよほどの鬱積があったのかもしれないな、と僕は思った。だが、後で先輩は、あの臆面もない台詞で背筋がぞーっと震えた。俺は許していない。なにしろ小玉ちゃんを侮辱した奴だからな、と吐き捨てるように言ったのだった。

　こうして太平洋電機の面々と本社技術陣は、後を託して全員帰国した。


　ところが、翌日、事件が起きた。グリルトースターのコンテナが税関の輸出検査で止められたのだ。理由は、製品に貼付された定格ラベルの表示に周波数が抜けており、不適合ということだった。

　日本の電気用品安全法では、電動機を使用しない電熱器具は、電圧と消費電力の表示は必要だが、周波数の表示は要求されていない。

それで従来から、１００Ｖ　１２００Ｗとしていた。検験局の言い分では、これでは交流用か、直流用かは不明だ。中国から出荷する製品に対しては、表示も含め品質に対して不完全なものは許可できない、とのことだった。

確かに中国はＩＥＣに準じたＧＢ規格により、電気製品を認証している。その規格を厳格に適用するならば、ＡＣ１００Ｖ　１２００Ｗ　または　１００Ｖ　１２００Ｗ　50／60Hz　ということになる。けれども、今までは問題にされず、輸出できていた。

これは嫌がらせだな。最近、反日感情が大きくなっていることも影響しているのじゃないか、とは大川さんの憶測だった。これには総経理も雷の落としようがない。

コンテナは急遽引き戻され、印刷し直したラベルの貼り替え作業が、徹夜で続いた。

コンテナの積み込み作業が終わり、物流の担当員がドアを閉めた。

封印を確認しながら、もう、ないですよね、と疲れた声で石田先輩に、声をかけた。

すかさず、

「情けない声を出すな。ドアを閉める前に、製品にはもう帰ってくるな、とおれが気合をかけておいた」

と石田先輩。

「念力ついでに、こうなりゃ、お払いにいかなくてはいかんのう」

森下部長がいう神頼みも、こちらには神社などはない。

「しかたがない。厄払いに日本酒でも捧げることにしよう」

「誰にですか」

「もちろん、わたくしにさ」

大川さんが自分のヒゲ面を指した。

あーあ、と言いつつも、その夜は近くの店でお疲れ会となった。


石田先輩と僕は交代で日課の工程巡回を行なった。異常な作業がないか確認を終えれば、あとは比較的気分は楽だった。

細かなことは中国人スタッフに任せて、報告を受けるだけでいい。生産数増加に伴い、期限付きではあるが、出荷検査員も増員が認められた。

工場の生産工程が安定したことを見届ければ、僕の任務は終了する。例年、九月末には日本へ戻った。いつもなら、帰国が待ち遠しかった。

好きなパチンコが待っている。すっかり入れ替わった新台を見ていくのは楽しみだった。田舎町では他に楽しみごとが無かったこともある。仕事が終われば、銀の玉の増減に一喜一憂し、他のことは何ひとつ考えもしなかった。

その帰国願を出す時が近づいていた。数ヶ月も前から作成し、日付だけを空欄にして準備していた。帰国予定日までの一日、一日カレンダーの数字を消しこんでいった。二ヶ月。あと二ヶ月だ。王姉の顔が浮かんだ。今年は帰りたくなかった。

⒀

八月の土曜日の夕方。資材部の張さんの結婚披露宴が、町の中心地にある中級ホテルで開かれた。

相手は管理部の高さんで社内結婚だ。高さんは少し前からゆったりしたワンピースに服装が変わっていたから、どうやら妊娠しているらしい。半年前からの付き合いだから、みんなから手際が良すぎるな、とからかわれていた。

仕事もそれぐらいしっかりやってほしいものだ、と総経理。管理部長は、高さんはようやく仕事を覚えたばかりなのに、とおかんむりだ。中国では女性への待遇は手厚いので、出産休暇、育児休暇は確実に習得できる。

張さんは今年三十歳。本社で三年間の研修を経験していたので、日本語は日常会話なら問題がない。ただし、きつい関西弁仕立てのため、部品納期を確認する総経理の緊迫した追及にたいしても、「ぜんぜんあきまへんわ。どないもなりまへん」という回答ぶりで、それでまた一悶着を起こすのだった。

今回も、よろしくたのんます、と言いながら招待状を配るので、それは祝儀をはずんでくださいという意味かいな、と山本次長が茶化し、それもおおいにありますねん、と生真面目な顔をして答える張さんだった。

　原田さんもよろしく、と手渡された赤い封筒には、原田先生と記名されている。先生はだれだれ様という男性宛先の単なる敬称にすぎないのだけれど、若輩の僕に先生なんて照れるなあ、といつも思うのだ。あるいは、持ち上げられて後でこっぴどい目に遭うのでは、という不安のような落ち着きの悪さも少しはあった。

　封筒を開けると、白檀の強い香りが立ち昇った。金文字で「請約束」「永結同心」と箔押しされた見開きの立派な招待状に、披露宴の期日、二人の氏名、会場名、開演時刻が墨滴も鮮やかに記されていた。

「お祝いは五百元にしますか。決めておきましょうよ」

　山本次長がみんなにかけた声は、

「それにしても痛いな。出費続きだからな」

とぼやき声に代わった。

　金型部の金さん、生産技術部の岳さん、それと品質管理部の郭さんも結婚の話が出ていた。みんな半月ばかりの休暇を取って故郷へ帰るので、その届出が既に管理部へ出ているという。

「金を惜しんで、日本人がそんな細かいことを言っていると、笑われますよ。一回カラオケや日本人クラブに行けば、もっと使うでしょうとね」

即座に森下部長が混ぜ返す。

「だけど、彼等の一ヶ月分の給料と同額でっせ。わしも今から披露宴をしようか。原田君、お祝いをたんまり頼むぞ」

山本次長は僕に向かって両手を擂り合わせた。

「山本次長の奥さんといえば、成型屋で引っ掛けた娘ですか」

「原田君。引っ掛けたとは随分口が悪いな」

「前に自分で仰っていたじゃないですか」

言い返すと、おお、そうだったかな、とあっさり認め、照れたように薄くなった頭を叩いた。

山本次長も森下部長と同様、現地採用のスタッフだった。単身で中国に渡ってきて、五年目。その間、日系メーカーを数社渡り歩いている。三山電器に採用され、外注先の成型メーカーへ立ち会いに行った時だ。樹脂部品のバリ取りをしていた女子工員に一言二言話をした後、ついてくるかい？　それで翌日から一緒になったという。

山本次長の初仕事と評判になり、日本へもその話が流れた。きっと身持ちの悪い娘で、金を持っていそうな日本人なら誰でも良い、と逆に狙われたに違いない。との不審の声にも、いやあ、可愛いし、性格も良いし、原田君、女の子を見つけるなんて簡単なことだよ、と少しも動じない。

山本次長は五十過ぎで相手は十八。自分の娘（山本次長は日本に離婚協議中の妻と娘が二人いるという）より若い相手だなんて、それはもう犯罪すれすれじゃないですか、なんでこんなおっさんが、と浅ましい羨望と恨めしさが押し寄せて、僕は一瞬、言葉を失くしたのだった。

概して、中国の女性は男性に負けていない。自分をしっかり主張する。工員の賃金も基本給は男女同一で、従事する現場によって付加される危険手当などで差が付くだけだ。

男女平等の思想で教育を受けており、おまけに十数億の人口だから、内気や控えめなんて性格じゃ埋没してしまうのだろう。

僕は中国工場に来るようになってから三年経つ。その間、おしとやかという形容が似合う女性には出会ったことがない。人懐っこくて人見知りしない（女性に話しかけるのが不得手な僕にとっては、ありがたいのであるが）。

だから、山本次長の言葉は、惚気が半分以上だろう。いずれ、若い嫁にしっかり手綱を握られるに違いない。

王姉妹はどうだろうか。彼女達は日本人の感覚と近いように感じる。でも、僕は何も知らないのだ。三月以来付き合いはなく、一方的に思い続けているだけだ。けれど、もっともっと姉のことを知りたかった。

造花で飾られた入り口をくぐり、会場内に入った。祝儀を渡す受付は見当たらなかった。紅包（祝儀袋）を持って思案していると、品質管理部の劉くんが教えてくれた。どうも後で席へ回ってくる二人に、直接手渡すようだ。

前方に舞台があった。赤地に金の華やかな刺繡が施された緞帳。主席の横には白磁の大きな壺。艶やかな蘭の花が溢れるように活けられている誂えは、いかにも派手好きな中国人仕様だった。

一卓に八人の割合で、円卓が並んでいた。特に席は決められていないようで、指定の席を示す名札はなかった。日本人スタッフは一同、舞台直近の席に腰をおろした。すでに花嫁、花婿が正面に座っている。僕達に気付いた二人は話を止め、笑いながら目礼を寄越した。

ご両人の登場です。盛大な拍手をもってお迎えください、という司会者の一声で始まる日本の披露宴とは随分雰囲気が違う。二人こそ礼装だが、その他の参列者は盛夏であり、ほとんどがTシャツにジーンズといった軽装だ。現場から急遽抜け出してきた連中にいたっては、作業着姿のままだった。

若い女性の何人かは華やかなドレスを身にまとい、髪には花を飾っていたが、なんだか貸衣装屋の宣伝みたい。ご両人の両親の列席もない。この式が終わってからそれぞれの故郷へ出向き、親類縁者との宴席が夜毎開かれるのだという。

披露宴の式次第といったものは特にないようだ。梶本総経理がお祝いの言葉を述べた後は、全員による乾杯があり、間もなく、次々と料理が運ばれてきた。

一応は新郎の友人である司会者が、二人に馴れ初めの公開を求めたり、熱いキスを強要したりして、盛り上げようとする。その時はあちこちから指笛や歓声が上がった。それもすぐに終わり、司会者はテーブルに戻り、料理に手をつけだした。

正面横のスクリーンに映し出された映像（どこか貸しスタジオで撮影したのだろう。椰子の木が繁る海辺、手をつないで波打ち際を歩く二人が映し出されたりする）に変わると、そのありふれた演出にもう見入る者はなく、全員ひたすら料理に集中する。ひとつの円卓からカンペイ、カンペイの大声が上がると、白酒による乾杯の応酬が次々と会場内に波及していった。

こうなれば、二人のことはみな眼中に無い。酒の瓶とコップを持って参加者の移動が始まった。雑然とし出した会場で、僕はワインが効いたのか、動き回るのが大儀でテーブルに残っていた。

そこへ、原田さん、こんにちは、と声がかかった。

うん？　誰かなと振り向くと、やって来たのは、工場長の娘の黄明花だった。今日は工場長の代理です、って嬉しそうに言うけれど、少し代理が多すぎるのではないか。ドレス姿ではなかったけれど、タンクトップにピンクの薄手のカーディガンを羽織り、太めの足にひざ上二十センチばかりのミニスカートが目を引く。胸はたわやかに弾み、おやっ、こんなに大きかったのか、と眩しいくらいだ。

お隣に座ってよろしいでしょうか、と訊いてきた。あっ、はっ、はい、と答えを返す前に、彼女は椅子の背に手を掛けていた。

はい、どうぞ、とテーブルマナーでは、僕が立ち上がって椅子を引き、誘うべきなのだろうが、そこまで気が回らない。それよりも、どうしたらいいかなという戸惑いが先にたった。だが、今日はめでたい披露宴、集うみんなはご両人の知り合いだ。断るなんてよろしくないな、なんて訳のわからない理屈で自分を説得していた。僕も相当酒に飲まれていたに違いない。

「黄さんは飲み物何がよろしいですか」

ワインとジュースの瓶を両手に持って勧めた。黄明花は、

「私は少しお酒が回っています」

と断って、オレンジジュースを所望した。

「いい結婚式ですね。来て良かったわ」

と感想を述べ、原田さんにも逢えましたし、と照れくさそうに言葉を添えた。

「どうぞ」

彼女は僕の空いたグラスに残りの赤ワインを注いでくれた。ワインが溢れ、グラスを持つ右手が濡れた。

「あらっ、御免なさい」

黄明花は慌ててポシェットからハンカチを取り出し、手を添えて拭いてくれた。柔肌のしなやかなお節介。僕はただ、なされるままでいた。白いハンカチが薄赤く染まった。

「この後の予定はありますか。よろしければ、近くの店に歌を歌いに行きませんか」

と彼女は誘ってきた。

思いがけない申し入れに困惑し、石田先輩はどうするかな、と周囲を見渡したのはさすがに自分ながら情けない。だが、見渡したおかげで、近づいてくるひとりの女性と目が合った。

それは王春玉。小玉ちゃんの姉だった。

「ど、どうしてここへ？」

僕の声は裏返っていたに違いない。

新婦の友達だという。そういえば、三月に出会ったとき、三山電器の工場に知り合いがいます、なんて話していたな。

新婦の高さんから彼女に繋がる路があったわけだ。気にかかる女性の情報はしっかり収集しておかなければいけないのに。この辺がなんとも我ながら情けない。

「お久しぶりです。お話し中ですね。お邪魔しては悪いですから失礼します。ごゆっくりしてくださいね」

と微笑んで、通り過ぎようとした。

「いえいえ、どうぞ、どうぞ。大丈夫です」

なにが大丈夫なのかよくわからないままに（ここは先に来た黄さんの承諾を取るべきだった？）こちらは工場長の娘さん。本日は代理で出席のようです、と慌てて王姉に紹介した。

「初めまして」から「今、学生です」という二人の会話は、僕にも聴き取れた。

そのうち二人は僕に理解できない言葉で話し出した。

周囲の者に話の内容を知られたくない時、同じ故郷の者同士であれば、共通語である普通話から方言に切り替えて喋ることはよくある。

だが、中国語にしてはどうもイントネーションが違う。僕に聞かれたくないことを喋っているのでは、と思うと落ち着かなかった。

笑い声も出ている。

「いよっ、原田君。両手に花じゃないか。この色男、憎いね」

山本次長だった。相当にご機嫌な様態で、足取りも危なっかしい。ご迷惑じゃないかな、と一応断りながらも、すでに王姉の横に座わる態勢だ。

王姉は立ち上がり、日本語で、

「ここで失礼します。今日はこの後、友人との待ち合わせがあり、長居はできないのです。そのうち、機会があればお逢いしましょうね。では、さようなら」

軽く手を振って、出口へ向かっていった。

揺れるポニーテールが僕の気持ちを大きく揺らした。シュシュの鮮やかな黄色。その残像がちらついて、視線は出口に突き刺さったまま、戻せない。

「彼女は誰？　原田君の知り合いか？」

憮然としている僕の態度に、今、気付いたかのように、

「えっ、なんか、わし、邪魔だったか？　ここはもう酒がないようだ。酒を訪ねて三千里と。わし、あっちへ行くわ」

また後で、と空のコップを手にして、山本次長は向こうの円卓へ移っていった。

くそっ。小さく悪態をつく。また後も来なくていいです。まったく、おおいに邪魔でしたよ。

王姉の友人との約束は咄嗟の作り事かもしれない。男の酒臭い息を嫌がったのか、それとも僕と黄明花の仲を邪推したのだろうか。

もっと話をしたかった。予想もしていなかった好機をくわえ、披露宴会場に舞い降りてきた白い鳥は、美しいさえずりを残し、不意に飛び去ってしまった。呆然と見送るだけで為すすべもなかった。どうして追いかけなかったのだろう、とあとで悔やんでも遅かった。

黄明花と二人きりになって、話の接ぎ穂もなく、ぎこちなくなった。何か酒を飲みたかったけれど、テーブルにはオレンジジュースが残っているだけだった。

「日本にいる恋人と別れたの、と言っていたわ。どうも相手の男性は同じ留学生と一緒になってしまったようなの。遠距離恋愛は難しいですね」

黄明花が話しかけてきた。

初対面の二人が、そのような個人的な事情までも話していたのかと驚きだった。

何語で話をしていたのと訊ねると、

「朝鮮語よ。彼女は朝鮮族だし、私は大学で朝鮮文化を専攻しているので、少しは話せるのです」

事情は飲み込めたが、別れた？　あれほど日本へ行きたいと願っていた彼女なのに。そうか、別れたのか。

しかし、このような席で自分たちの恋話をするなんて。ましてや別れ話を打ち明けるとは、彼女らしくないな。

自分はフリーになったと宣言したのだろうか。村長の娘を牽制するために？　王姉の残したさえずりには、僅かの希望がある？　それは冷静な判断を忘れた都合のいい牽強付会。一方的な僕の思い込み。

いつもプラス思考、それが難局を打開すると雑誌などのお悩み相談欄でよく見かける助言だ。それって、お調子者をますます煽てる言葉じゃないのか。信じていいのだろうか。

「彼女って、どこか頑なで冷たそうね。あまり感じよくないわ」

黄明花の言葉が意外だった。笑い声も出ていたのに、どうしてこのような印象を口にするのだろう。この場に起きたことが理解できず、ただ、五ヶ月ぶりに出会った王春玉のことだけを考えていた。そして、隠し立てのできない素直といえば素直な黄明花と、面と向かっているのが鬱陶しくなった。

披露宴は締めの挨拶もなく、参加者は酒と料理に飽きると（料理は食べあぐねるほど残っていた）自然散会の状態で、それぞれ帰っていった。

「原田君、二次会へ行くぞ。さあさあ。マイクロバスが出る。急げ、急げ」

誘いに来た山本次長に救われた思いで、僕は黄明花への挨拶もそこそこに、引っ張られていった。

⒁

太平洋電機での着荷検査は、大きな指摘もなく合格した、と日本から連絡が入った。梱包箱に押印した製造日を表す密番の指定位置からのずれと、封函テープの端に浮きがあった、という些細な注意点のみだった。

早速、現場に指示を出し、改善対策報告書を日本へ送った。これで出荷保留が解除となり、倉庫へは毎日、何本ものコンテナトラックが入った。

日本は盆の休みに入ったが、出張中の僕に休みはない。日本に帰ってからの代休を楽しみに、ただただ働くばかりだ。工場は夜十時までの残業体制を組み、生産数の増加とともに、どの部門も遅くまで活況が続いた。

管理部の高さんに連絡を取ろうとした。だが、彼女は体調が思わしくないとのことで、早々と産休に入ったという。

高さんから王姉につながる経路が途絶えたとなれば、あとは資材部の張さんか。しかし、彼を通じて聞き出すのは躊躇われた。口の軽い彼のことだ。どんなうわさを流されるかわからない。

気恥ずかしさもある。王春玉の笑顔を思い浮かべ、こんな時、恰好をつけている場合かと自分を叱咤し、昼休み前に事務所のドアを開けた。

奥には工場長の席がある。不在を祈りつつ、室内を見回すと、資材部の島に張さんの姿は見えなかった。

蘇州周辺の部品メーカーを回るため、一週間の出張中だ、と事務員が帳簿をめくる手を止め答えた。なるほど、ホワイトボードの張さんの行動予定には、蘇州のタイマーメーカーやヒーターメーカーなど社名がずらりと書かれている。

こんな重大事にどうしてと愚痴もでたが、資材部も年間のコストダウン目標に縛られ、少しでも廉価な取引先を見つけるのに必死だった。

肩を落として事務所を出ると、玄関先に車から降りる工場長が目に入った。僕は慌てて、回れ右をして階段下の手洗い場に向かった。

受付の陳さんが怪訝な顔をした。ああ、何て情けないんだ。逃げ隠れするつもりは毛頭ないけれど、態度に出てしまう。洗い落とせないのは承知で、蛇口をいっぱいに開き、乱暴に顔を拭ったのだった。

⒂

九月に入った。紅花亭の暖簾は月に菊を配した模様に変わっていたが、暑さは微塵も衰えることはなく、華南の地にどっしりと居座っていた。

早くビールを、と紅花亭の引き戸を勢いよく引いた。

「いらーさいーませ」という少し尻上がりの小玉ちゃんの声は迎えてくれなかった。代わって飛び込んできたのは、「やっと来たね。ずいぶん待たせたよ」という李さんの声だった。

「小玉ちゃんは、今日は休みなの？」

訊ねる先輩に、

「石田さん、寂しいね」

李さんは慰めるように優しい声で言った。

八月末に、小玉ちゃんは故郷である黒龍江省に帰ったというのだ。店主に尋ねると、

「そうなんだ。田舎の父親が病気になったらしい」

急なことで、旅費が工面できず、店主に借りたという。

「おうおう、それで何回騙されたか。カラオケの姐ちゃんや按摩屋の小娘が、両親の病気で故郷に帰りたい。必ずお返ししますから、お金貸してください。あの泣くような迫真の演技で迫られると、ついつい身返りもないままにほだされてのう。その泣き顔の陰で赤い舌を出していたんだから。まあ、小玉ちゃんはどうかな。そんなことないよな」

励ましにもならない山本次長の冗談は、先輩を苛立たせただけだった。

「いい加減にしてくださいっ」

青筋を立てた先輩に気押されて、饒舌家の山本次長も、それ以上は口をつぐんでしまった。

気を落とした先輩に、

「良くなればきっと戻ってきますよ。小玉ちゃんは先輩のことを忘れませんから」

確かな根拠がある訳ではないけれど、そうやって慰めるのがやっとだった。

「石田さん。元気出すあるよ。私がいるよ」

李さんも力づけるのだが、先輩は返事ひとつしなかった。

前に置かれた箸袋には、『いいことがきっと待っています』と書かれていた。小玉ちゃんの字だ。先輩は箸袋を見つめ、またひとつ溜息をつくのだった。

店を出た角の公用電話で、二週間ぐらい前から小玉ちゃんを何回か目撃した、と李さんが教えてくれた。

「長途電話だったから、きっと田舎に掛けていたあるね」

工業団地にも公用電話が並んだ一角がある。小間物店の横に仕切られ、十台くらいの電話が並んでいた。長距離を意味する長途電話と市内電話との各専用ボックスがあり、金曜日の夕方は、故郷の家族と連絡を取る工員が長い列を作っていた。

李さんは盛り上げようとしてくれたけれど、静かな食事となった。その日は長居もせず、スナックに寄ることもなく、早々と帰ったのだった。


一週間経って、紅花亭へ顔を出した。店主は、まだ彼女から連絡がない、と言う。

「そんな無責任な娘じゃないから、よほど切迫した状態なのかもしれないな。心配だけど、早く良くなるよう遠くから祈るだけだ」

「そうですね、無闇に案じていても仕方ないですね。待つしかないですね」

両親の家の住所は分かるが、電話はないという。此方からは様子を訊ねることが出来ないのが歯がゆい。姉も一緒に帰郷したのだろうかと気になったが、姉の連絡先も分からない。

ところが、店主が姉の勤務先と会社の電話番号を控えていた。そりゃあ、小玉ちゃんの身元保証人だからな、と尻のポケットから手帳を取り出し、おお、これだ、これだ、と太い指で示した。こんなところに姉につながるルートがあったとは。紅花亭に来るたびに、店主とは顔をあわせていたのに。

「ああ、でも姉ももういないかもしれないよ」

という店主のつれない言葉。一瞬気落ちしたが、ボールペンを握る手ももどかしく手帳に書き写した。

翌日、朝礼が終わると速攻で、先輩は姉の勤務する会社に電話をかけた。王姉を呼び出してもらおうとした先輩の声が止まった。思いもかけず、電話口に姉が出たのだ。彼女は深圳に残っていた。いつもは口調のなめらかな姉の日本語は、受話器に耳を近づけてなんとか声を聴こうとする僕の耳にも、ひどく歯切れが悪かった。

「今日にでも会うことはできませんか。お話をしたいのです」

時間が取れません、という彼女に、少しだけでもいいですから、と先輩は諦めなかった。

願いが伝わったのか、それなら次の日曜日の夕方に、という約束を取り付けた。僕もご一緒させてください、と先輩に頼み込んだ。王春玉に会えるのだ。張さんの披露宴から一ヶ月半が経っていた。

今日は現場から呼び出しが有っても無視するぞ、と朝から何度も時計を見た。電池が弱ったのか、と思うほど、針の進みは遅かった。

　待ち合わせ場所は、紅花亭の近くにある喫茶店だった。

　王春玉は店の奥で待っていた。背筋を伸ばし、硬い面持ちでテーブルに置かれたコップを見つめている。その姿勢のまま固まっているのではないかと思われるほどだった。

　声を掛けると、彼女は立ち上がって、丁寧にお辞儀をした。

　先輩は、矢継ぎ早に質問した。注文を取りに来た店員を煩がったぐらいだ。

「相当に悪いのですか」

「入院したのです。腎臓病と言っていました」

「老人性ですか」

「いえ。そうではありませんが……」

　彼女は言葉を濁した。

「父はまだ五十代です」

「すみません。老人性とは言葉が過ぎました」

　先輩は謝り、姉も故郷へ戻るのか、と訊ねた。

「心配ですが、私は仕事が忙しく、深圳を離れることはできないのです」

「僕は黒龍江省へ行こうと思います。住所は紅花亭の店主から聞きました」

先輩は思いを告げた。

十月一日の国慶節が近づいていた。その日は中国の建国を祝う祝日だ。多忙を極める工場も、この日から三日まではさすがに全ての稼動を止める。今年の中国工場カレンダーでは、国慶節を挟んで四連休が発表されていた。

先輩は、管理部にハルビン行き航空券の手配を頼んだ。深圳空港からの上海で乗り継いでのハルビン行きが、連休で残席はわずかだったが、どうにか確保できたという。

「お供しましょうか」

「俺もやるときはやるよ。今回は一人で十分だ」

先輩は苦笑しながら断った。

「でも、僕も気掛かりだから。それに黒龍江省の東北の街をちょっと旅行してみたいし」

「おまえなあ。観光に行くのと違うからな。俺は初めて必死になったんだ」

さすがに先輩は怒ったのだった。

ハルビンへ行くことを知らされた王春玉は、先輩の固い決意を諦めさせることはできないとわかると、少し悲しそうな目をして、

「何があっても、そのまま現実を受け止めてください。妹を悲しませたり、傷つけたりしないでください。なによりも家族、親族を大事にする私達ですから」

彼女の心情は痛いほど分かったが、主旨の明快な話し方をするいつもの彼女と違い、今日は意味がとり難いのが解せなかった。

「大丈夫ですよ。石田先輩は心配りのできる人だから、何があっても小玉ちゃんを失望させることはないですよ」

僕は横から、だから安心して欲しい、と言葉を添えた。

「わかりました。私は石田さんを信じます。よろしくお願い致します」

彼女は真っ直ぐに石田先輩を見つめた。そして、テーブルに両手を重ね、頭を下げた。長い髪が散った。頭を起こし、搔き上げた横顔には目尻に涙が一粒浮かんでいた。

彼女は左の薬指で目尻を押さえた。形の整ったきれいな爪だった。爪の赤みが濃くなった。涙を吸い、一瞬、爪の先に悲しみの明かりが灯ったように見えた。

「姉の私からみても、妹は優しい娘だと思います。妹が帰郷してから、毎晩のように夢を見ます」

「王さんは何語で夢を見るのですか？　中国語はもちろん日本語も朝鮮語も堪能なようだけど」

僕はこの場の気分を解そうと、妹から離れた話題を持ちかけた。

「それは中国語です。でも、日本語学校時代に、明日は試験だというときは、日本語の夢でうなされました」

彼女は初めて微笑をみせた。

「僕のことを夢見たら、日本語で話しかけてくれますか？」

「はい、原田さんのことを夢に見るとすれば、そのときは日本語になるでしょうか」

夢に見るとすれば……。やはり、今は仮定のことでしかないのか。でも、こうして話す様子では、僕のことが嫌でもなさそうだ。そいつは図々しい自惚れだ、と先輩から小馬鹿にされそうだけど。

「先輩、どうか小玉ちゃんの様子を細かくお姉さんに知らせてあげてください。そして僕にも」

姉が喜べば、僕の喜びにもなる。妹を思い案じる王春玉の心情に、僕はますます彼女のことが忘れられなくなった。

(16)

古ぼけた牌楼の掲げられた扁額に、目的の村名がかろうじて読みとれた。その下を通り抜けたタクシーは、路地の入り口で止まった。この先は道が細く、通行は無理だ、と運転手は告げた。王春玉が書いてくれた地図では、ここから歩いて十分ほどはありそうだ。

運転手に連絡用の電話番号を尋ね、帰りの時間は分からないが、呼んだときはここへ来てくれるよう、頼んだ。とりあえず一時間ここに待機してくれ、と待ち時間の料金を割り増しして前払いした。上客とみた運転手はにかっと笑い、二つ返事で了承した。

風に抗い、タクシーの重いドアを押し開けると、いきなり烈風が襲ってきた。風に刺された顔は、痛いという感覚すら奪われ、無機物の石の肌となる。まだ、十月と見くびり、有り合わせの冬服で来たのが間違いだった。

冬をすぐそこに迎えようとしていたハルビンは、南からの訪問者に情け容赦はなかった。乾燥した寒気は呼吸するたびに、鼻と喉を手加減抜きで引っ掻き暴れ、体熱を強奪し、ようやく肺に収まる始末だった。

大通りは石造りの牢固な建物も多かったが、車を降り、小路に入ると、煉瓦作りのくすんだ集合住宅や木造に泥壁の古い平屋が続く昔ながらの街並みだった。

路地の奥は吹き抜ける風に、建物は乾ききり、痙攣を起こしたかのように、震え続けた。まるで廃墟のようだ。ライラックの葉を落とした枝が、板壁を擦り続け、不気味な音を重ねていく。

地図を握りしめ、風を受けて進んだ。小さな空き地で立ち止まり、もう一度地図を見直した。どうやら、向こうの一階が小間物屋を営む建物のようだ。

がたつくガラス戸を開けた。奥で老婆が一人店番をしていた。侵入者に気付くと、愛想のない睨むような視線を投げてきた。

温かい飲み物を頼み、王さんの住まいはこの建物か、と訊いた。聞き取りにくい言葉を何度か聞き直し、確かにここが両親の住む建物だと知った。

話の中で客が日本人だと悟った老婆は、歯の欠けた覚束ない口ぶりで、こんにちは、ありがとう、さようなら、と喋り、覚えたのは遠い昔のことだ、と笑った。

緊張が解けた。若者と違い、戦争の記憶の残る老人にとっては、日本人はいまだに鬼畜であり、反感を持つ者も多い。年配の人に話しかけるときは、気後れするのだ。

中国での生活においては、くれぐれも用心し、慎重な発言や行動をとるように、と工場へ来た当初、総経理から守るべき心得として忠告を受けていた。

老婆から教えられたとおり、店の横の狭い階段を上がっていくと、二胡の音色が流れてきた。小玉ちゃんが演奏しているのか、と踏み出す足にも力が入った。

二階の掛かりが両親の住まいだと王姉のメモにあった。

声をかけたが返事がない。思い切ってドアを引くと、女が現れた。突然の来訪者に怪訝な表情だ。姉から伝えてもらっていたはずだが、通じていなかったのだろうか。

母親は五十代と姉から聞いていたのに、祖母かと見誤るほどの老けようだった。屋外の土木作業のためだろうか、日に焼けた肌は荒れ、深い皺が幾つも皮膚に食い込んでいる。

「王小玉さんに会いに来ました。私は、深圳で働く日本人で、石田といいます。小玉さんの知り合いの者です」

「それはまた、遠くからいらっしゃった」

母親は、小さな古びた椅子をすすめた。

「王小玉さんはこちらにいますか」

「娘は病院です。入院しています」

彼女が？　入院しているのは父親ではなかったのか？

「小玉さんはどこが悪いのですか」

「いえ、検査のためです。悪いのは子供のほうです」

「子供?」

「ええ、娘の二歳になる子供です」

小玉ちゃんの子供? 二歳の子供? 父親の看病に戻ると言っていなかったか? 母親の思いがけない言葉に、何を聞いたのか理解もできず、用意していた台詞は全て飛び散ってしまった。頭の中から文字が消え失せ、真っ白になった頁が、烈風に煽られているばかりだ。

二胡の音が止まった。

どなたかな、と奥の間から男が現れた。足が悪いのか、右足を引きずるようにして近づいてくる。痩せて、母親と同じく皺の多い男は、父親だと名乗った。

二胡を奏でていたのは小玉ちゃんではなく、父親だったのだ。ああ、これは手遊びに奏でているのです、と照れくさそうに手にしていた弓を食卓に置いた。

「ところで、娘の働いている食堂のなじみの方がどうして?」

手短に説明したが、恋人とも言い兼ね、納得してもらえたかどうか覚束ない。

なんとか病院名を聞き出した。深圳から持参した手土産を渡し、案内する、という父親を丁寧に断って家を出た。

待たせておいた運転手は、エンジンを掛けて暖を取り、横になっていた。意外と早かったですね、という彼に、病院名を書いた紙を見せた。ここなら知っている、車で一時間ほど走った市の中心街にあるという。急ぐようにと頼み、タクシーに乗り込んだ。

車の中でも、子供？　子供？　二歳ということは彼女の十七歳のときの子供？　子供という言葉が、頭の中を渦巻き続けた。

話が違うじゃないか。はるばる北の地へやって来たのは、こんな話を聞くためではなかった。父親が重病だという彼女を慰めるため来ただけなのに。いや、きっとなにかの間違いに違いない。両親の訛りのある中国語が聞き取れなかっただけだ。

予想もしなかった事態が理解できないまま、夕暮れのハルビンの街を裂いて疾走する車のライトの中に。裏切られた思いとそんなはずはないと否定する思いが錯綜し続けた。

四人部屋の病室には、他に患者はいなかった。小玉ちゃんは窓際のベッドで眠っていた。隣の子供用ベッドでは、幼い男の子が不規則な寝息を立てている。小さな手首から伸びている点滴用の管が、痛々しかった。

確かに子供がここにいる。この子が小玉ちゃんの子供？　シーツから顔を覗かせた子供は、小玉ちゃんの分身とはとても思えなかった。

どうか親戚の子供であって欲しい。両親が話したことは間違いよ、と笑って言って欲しかった。でなければ、俺は何のためにここまで来たのか、笑い者ではないか。早く確かめたいけれど、怖くもあった。

答えることなく眠っている彼女は、今までにない間近だ。

声を掛けたものか躊躇いながら、もともと白い顔の今は血の気も乏しく弱った姿を見つめていると、やはり俺は彼女を守るためにここまで来たのだ、という思いがじわじわと湧き上がってきた。

彼女は額にうっすら寝汗をかいていた。ハンカチで拭こうとした気配を感じたか、ゆっくり目を開いた。

傍らの人物を認めて、驚き、半身を起こそうとした。横になっているように、と彼女の肩に手を添えて寝かせた。

「どうして……」

声が震えていた。

「お見舞いにきました」

「こんな遠くまで来てもらえただなんて」

小玉ちゃんは泣きそうになる顔をそっと下げた。

眠っていた男の子が寝返りをうった。顔にむくみが出ていた。彼女は手を伸ばして、シーツを掛け直し、子供の柔らかい髪の毛を撫でた。

見守るその目は今までの小玉ちゃんのものと違った。母親の目だった。親と子。二人の醸し出す中に、容易に入ってはいけない、いや、近寄りすらできない気がした。

「小玉ちゃんの子供ですか」

「はい」

言葉少なく答えた。

「腎臓移植をすると聞いたのですが」

「検査中なのです。結果が良好であれば、手術することなく、薬による治療となるのですが」

「そうですか。いい結果が出るように僕も祈っています」

「はい」

声にはまだ力がない。だが、少し血色が戻ってきたようで、間近に見る顔は、惹き込まれるように美しかった。

室内には暖房が入っていたが、弱めの設定だったのだろう、床には冷ややかな薬の匂いが漂い、足元から這い上がってくる。冷たい匂いが、高揚した決意を鈍らせ、崩そうとしてくる。

それを振り切るように、俺は小玉ちゃんを必ず守ってみせる、と口に発していた。

「僕はあなたを守りたい。僕は小玉ちゃんが好きです」

「石田さんのことは私……」

彼女のあとに続く言葉はなかった。

看護師が入ってきた。

「検温の時間です。面会の方は、席を外してください」

無表情で面会時間の終了を告げた。

場合によっては彼女を連れて帰ることになるかもしれない、と用意していた旅費に、持ち合わせのお金を封筒に加え、お見舞いです、受け取ってください、と無理やり預けた。

「本当にすみません。お借りします」

「今日はハルビンの街に泊まり、明日の飛行機で深圳に戻ります。また必ず来ますから、元気を出してください」

小玉ちゃんは目蓋を閉じ、安らかな吐息をひとつ漏らした。その安心したような頬の上を、涙がゆっくり伝わり落ちた。

翌朝、病院を訪れたが、彼女は検査室に入っており、面会は叶わなかった。肩を落として、病棟出口の扉を押した。扉から半身出た体を、寒風が押し戻そうとした。

これは帰るな、ということか。このまま病院にいよう。今日の便を取り消して、もう一日ハルビンに泊まろう。だが、自分でも説明ができなかったけれど、会えないことにどこかほっとした気持ちがあるのに気付きもした。

扉のノブを摑んだままの一瞬の躊躇を、次の風が吹き飛ばした。病院を後にし、空港へ急いだ。

深圳に戻る飛行機の中は長かった。

「石田さんのことは私……」あの時、彼女は後の言葉を言い淀んだ。私もだったのか。それとも私は一人でこの子を育てていきます、と言いたかったのか。以前から私のあとの述語を省く癖があったけれども。

「僕はあなたを守りたい。僕は小玉ちゃんが好きです」という告白に対して、感謝しつつも、きっと負担になります、と慮り、届けられた想いを無言で拒絶しようとしたのだろうか。

子供のいる身と心から納得しての言葉でしょうか、一時の激情から吐かれた恋情は同情と変わらず、いつまでも続くものではない、と形だけを受け取ったのだろうか。

病床の彼女に対面したあのときの言葉は、単なるはずみや意気込みではなく、迷いを振り切った後の揺らぐことのないものであったはずだ。

確かに、僕はあなたと子供を守りたい、とまでは口に出さなかった。子供を守りたいという言葉は発しなかったけれど、あなたを守りたいというそれは、まったく同じことだから、とあらためて心の中にいる彼女と自分自身とに言い聞かせようとした。だが、旅客機の丸窓の下に広がる大地が色を失くしていく光景と、暗みの中にひとつずつ輝きを得てくるはずの星が現れない空を眺めていると、昂ぶった気持ちは萎え、弛んでくるのを覚えた。

子供さえいなかったなら。どうして子供がいるのだろう。いくら問いかけても、それは詮方ないことだった。

彼女を抱きしめ支えるということは、彼女の人生をまるごとすべて自分の人生で抱きしめることだ。自分の知らない以前の人生に何があったにしろ、それも彼女そのものだ。

仕事上の疑問点や悩みは、その対応方法や解決策が社内規定や手順書に記されている。よほど困れば相談する熟練の人もいる。

けれども、これは自分が判断し、自分で解決するしかないのだ。この初めてというべき試練は、曖昧に先延ばしなどはできない、そして、逃げ出せないのだ、と揺らぎ迷う己に言い聞かせた。

以上が先輩から聞き出したあらましだ。何があったのですか、と尋ねても、口をきいてくれず、頑として拒み続けた。それでも、ようやく洩らしたのは、先輩もハルビンで見たことを反芻し、気持ちを落ち着かせ、決心を見つめ直すためにも、第三者に話すことが必要だったのだろう。

深圳に戻ってから、先輩は王姉に問い質した。王姉は、そうでしたか、子供に出会われましたか、それでは事情を全部お話しします、と静かに語りだした。

相手は町の有力者の息子でした。素行に問題のあるぐうたらな男でした。けれども、結婚話が来たときは、みんな隠されていたのです。妹に目を付けたその息子が親に頼み、親戚筋を通じて申し込んできました。息子の乱行に手を焼いていた親が、これで更生するという言葉を間に受けたのでしょうか。顰蹙を買うような強引な進め方に両親は泣きましたが、大きな借金があり、その弱みもあって断れなかったのです。

妹が中学校を卒業した翌年のことで、私の故郷は早婚も多いのですが、ちょっと早すぎました。可哀想でした。

男は羽振りのいい生活をさせている、と自慢していたのですが、生活力はなく、全部親掛かりだったようです。結婚後一週間経たずして、また夜遊びを始めました。そうして、街のチンピラと喧嘩沙汰の挙句、結婚後半年余りで亡くなったのです。

そのとき、お腹の子供はまだなんとかできる時期でした。それでも、妹は産む道を選びました。そのとき、私は深圳に来ており、妹の相談に乗れなかったのが、今でもつらいのです。

相手の親から養育費など貰えなかった妹は、子供を親に預け、私を頼って深圳まで働きに来ました。

親が病気だといつわり戻った妹が、そんな妹と分かって、嫌いになりましたか？それでも、妹を守る、と言ってくださったのですか。

お気持ちには感謝いたしますが、その言葉は妹を迷わせます。その時の言葉に責任を持ってください、とは申しません。石田さんに少しでも躊躇いがあるなら、どうか、今のうちに妹を諦めてください。治療費もかさみます。私が仕送りを増やし、妹と子供を支えていきますから。

⒄

「育ってきた環境があまりにも違いすぎるな。確かにこちらの女性と一緒になった日本人は多い。けれども、感性の違いは愛情だけではなかなか補えないよ。降りかかる様々な喜怒哀楽への感じ方や対処の仕方に差があり、同じ気持ちで共に問題に対することができない苛立ちは、いずれ修復不能に陥ってしまう。

　そのような例はいくらでもころがっているわ。

　子供が例えば、ぐれたとき、君は自分の子供でなかったことに泣き言を言っても遅いぞ。そうなると感情的なしこりは容易には解せないものだ。

　君はまだ、若いじゃないか。いずれ日本へ帰るのだろう。これからもっと良い出逢いは出てくるさ。感傷的な気分からの、異国での孤独を一時的に庇護する回避場所としてなら、それも良かろうが」

「結婚するということは、情熱だけが一緒になるのではないからな。経済的なこともある。今の君の資産だけでなく、君は一人息子だったかな。君の家代々の財産も、どれだけあるかそれは知らないが、とにかく、みんなその親子に渡してしまうということだぜ。逆に、相手に借金があればすべて肩代わりすることになる。すべて覚悟をしているなら結構。

　そんな金銭だけでなく、相手のマイナス面もすべてひっくるめて、包容することだからな。何があろうと、何が起ころうともだ。そして君の人生は相手に託すことになる。君の、いや君と彼女の愛情以外の現実的なことも、沢山考慮すべきことがあるのだ、ということを、それで苦労した先輩のひとりとして、一言お祝い代わりに言っておこうか」

「まあ、いいじゃないか。自分の人生だ。君の決心に対して賞賛を贈ろう。嫁と子供が同時にできるのだから、手っ取り早くてこれは目出度いや。中国の嫁と乳幼児がいる家族ばかり集まって作る会が、深圳の街にあるんだ。君も会員に推挙しようか。もっとも、会員は今のところ、五十代、六十代ばかりだがね」

　小玉ちゃんのことを知った周囲の者は、真剣にもお節介にもいろいろ先輩に忠告した。

　先輩は今まで見たことがないほど憔悴していた。迷いに迷っていたのだろう。小玉ちゃんと子供のことは、自分の胸に納めておくべき事柄だった。自分で決めるべき事柄だった。

それを漏らしてしまったのは、迷い倒れそうになる心を、みんなから戒め、律して欲しかったのだと思う。

それでも黒龍江省から戻ってきて二週間、先輩は僕以外の誰にも話さなかった。国慶節の連休明けの日など、部屋にこもりっぱなしで、無断欠勤したのだった。

「ハルビンはどうだった？　小玉ちゃんは元気してたか？」

いろんな人が部屋の外から訊ねても、ドアには鍵をしたまま、話しかけないでくれ、頭が痛い、と弱弱しい返事が聞こえてくるばかりだった。心配したみんなには、

「石田さんは体調がすぐれず、後で、まとめて欠勤届を出すそうです」

と言うしかなかった。

「今までの蓄積したポイントが一気に消滅ですね。子供がいるのは、きついですね」

事情を知った僕は、挑発した。

「おまえは、ゲームに換算してしか、恋愛はできないのか。以前の俺のようだな。今は点数なんかに換算できない霞に包まれているんだ」

「そのような曖昧模糊なことを突如言われても困ります。数値をもたない説明は、説

いるのに」

それはもちろん仕事上の話だったが、先輩からそのような吐露を耳にするのは初めてだった。

「初めての湖を、その霞に体を濡らしながら、舟の櫓をこいでいく。冷たくは決してなく、なんだか温かい。そしてな。それが俺の心を解していく心地がするんだ。子供がいる生活もいいな、と思えてきた」

「変な喩えだな。恋すれば詩人になる、と言うけれど、先輩には全く似合わないですよ。一緒になりたい、っていう気持ちはわかります。でも、いきなり結婚をというのは飛躍していませんか？　一時の浮ついた恋愛病ではないですよね。

結婚っていうのは、軽はずみにはできませんよ。小玉ちゃんという、他人の人生のこれからの生涯分の責任を持つのですよ。気に沿わなくなったからと、ほいほい簡単に別れられませんよ。

このまま山本次長のように、中国に骨を埋める気ですか。あと五、六年もすれば、日本へ戻ることになるでしょう？　そうすれば、気心の分かりあえる日本の女性のほうが良くなって、小玉ちゃんを疎んじるようにならないですか？

今の先輩の気持ちは、健気な姿への憐憫の情ではないのでしょうか。石田先輩を気遣っているのではないのです。そうなったときの小玉ちゃんが可哀想だから、言っているのです。

　二度も裏切られると、あの小玉ちゃんの素直な心は分解し、猜疑の固まりのようになってしまうかもしれない。心を壊した人は厳罰を処されるべきです。もう死刑でもいいぐらいです」

「随分なことを言ってくれるなあ。それは、貴重な忠告なのか。やっかみか。今まで賛成してくれていたのに、どうしてだ」

「別に強固に異を立てている訳ではないですが、中国に居るときだけの相手かと、ほら、佳織さんへの反動からの一時的なことか、と思っていました。それが一生の話となると、一回ブレーキを踏んで、よく考えて欲しいのです」

　先輩と小玉ちゃんの仲が壊れたならば、王春玉は遠くに消えてしまう気がして、正直なところ、僕も混乱していた。

「ブレーキを踏めって、おまえは、自動車学校の教習生の横で監視する新米教官のようだな。

　まあ、おまえの言いようで、俺の気持ちは固まった。すんなり賛成の言葉ばかりなら、かえって不安が募り、悩み続けたことだろう」

　先輩はそういう意味ではありがたい、と僕の手を強く握った。

そして、

「決して、憐憫や同情なんかじゃないんだ」

「えっ？　どういうことですか」

何をいうのか、と僕はちょっと身構えた。

「ちょっと失敗しても、梶本総経理からはぼろくそに言われてきただろう。そんな落ち込んだ時は、紅花亭に行き、小玉ちゃんに漏らすと、『石田さんなら大丈夫です』といつも励ましてくれてた。だから、今の俺があるのは小玉ちゃんのおかげなんだ」

石田先輩は柄になく照れた。

「そんなあ。一人抜け駆けして紅花亭へ行っていたんですか？　知らなかったです」

「先のことはわからない。一生愛せるかどうかも自信がない。ただ、今日と明日の二日間は、彼女のことを真剣に想う。それならできる。明日が来れば、また、その日と明日との二日間だ」

ちょっと痩せた頬の髭を撫でる先輩の顔が眩しかった。

「良かった。それにしても汚い部屋ですね。大川さんに負けていませんよ」

と、いつもの調子に戻り、軽口が出た。

「うるさいわい。さあ、明日は出勤するぞ。報告書を溜めていたら承知しないからな」

厳しい声で先輩は宣告したのだった。

⒅

十月中旬。僕は日本へ戻ることになった。帰国届を出し渋っていたのだが、暖房機器の国内販売が始まり、市場クレームに備える一員として、帰国指示が来た。

僕は何度か王春玉の会社へ電話を入れた。一度目は、本日は休んでおります。二度目は、仕事でしばらく不在です。事務員に僕の携帯番号を伝え、電話をして欲しい、との伝言を頼んだ。

だが、彼女からの電話はないままに、帰国日が近づいた。

いつもなら帰国前に出張報告書の下書きを始めていた。とてもそんな気持ちにはなれなかった。

帰国五日前、

「今回は長かったですね。お疲れさまでした」

総務より帰国便のチケットを渡された。日と時刻を確認したとき、王春玉の笑顔が吹っ飛び消え去りそうになった。もう、後がない。

石田先輩を探して、三階の組立ラインに走って行った。今日は早退しますと告げた。

先輩は怪訝な顔をしたが、行先を知ると、

「おっ、いつも動かない、いや、動こうとすらしない原田君がついに動いたか。すぐに羅さんに連絡しよう」

「いえ、私用に会社の車は使えません」

「今から、タクシーを呼んでいたら時間がかかるだろう。ちょうど、その近くの部品メーカーに、不良見本と検査書を届けようとしていたところだ。帰りに寄ってくれたらいい」

と妙に優しい。怪訝な気もしたけれど、さすが上司だ、と甘えて受けることにした。

彼女の会社は車で三十分ばかりの工業団地にあった。受付で、名乗り、王春玉に面会を頼んだ。

だが、受付は、王さんは出張で不在です。出社は五日後の予定です、と事務的に答えるのみだった。まさか、逢いたくない彼女と口裏を合わせているのではと疑心暗鬼になった。

足取り重く車に乗り込んだ僕は、石田先輩の依頼もすっ飛んでいた。羅さんは用件を聞いていたのか、忘れず寄ってくれた。

帰国の前日。

工場主催の慰労会とは別に、ささやかな宴を先輩が開いてくれることになった。

紅花亭へ向かう木棉花の並木は、ふっくらとした真綿を覗かせて、枝にいくつもぶら下がっていた。木棉を抱える鞘の和毛が暖かく夕日に光って、訊ねてきた。

僕たちはこの一年の成果が、この綿さ。君には何か成果があったかい？

成果か……。仕事は自分なりに頑張ったと思う。グリルロースターは好評で、市場での初期不良も非常に少なく、太平洋電機から感謝状が届いていた。けれども、その他には……。

答えることが出来ず、無言のまま車に揺られていた。

車は半時間あまり走って、大通りの電話ボックス前に着いた。小路の向こうに、紅花亭の赤い提灯が灯っている。

暖簾はりんどうの花模様。紅花亭の暖簾をくぐるのも、今年は最後になる。今夜は思う存分酔っ払ってもいいですよね。先輩、面倒を見てくださいね。

李さんが、笑顔で迎えてくれた。

「いらしゃい。原田さんのために、特等の席を用意してるよ」

なんだかやけに嬉しそうだ。はい、はい、今日も李さんにお任せしますよ。醜態を見せても、嫌わないでくださいね。

案内されたのは、普段は利用することのない奥の間だった。重い引き戸を開けると、奥の席に、ひとりの先客がいた。

　思わず声が出た。

　それは王春玉。王春玉だった。こちらに気づき、お辞儀をし、微笑みをよこした。その微笑みで解されるどころか、一気に心拍が上がり、固まってしまった。

　先輩がにやりとした。送別の席に呼んでくれていたのだ。このときほど先輩を見直したときはなかった。

　見直したけれど、王春玉からの返事の電話を止めていたのは、サプライズ演出のための俺の仕業だ、と先輩が白状したときは、これには僕も憤り、先輩の首を絞めようとした。

　が、彼女の前だ。手荒なこともできず、もう今度は許しませんよ、と言うのがやっとの嬉しい怒りだった。

「原田さん、ご心配をおかけしました。でも、二回目からの電話は実際に広州へ出張に出かけていたのです」

　と頭を下げた。

　王春玉は小玉ちゃんの話を教えてくれた。子供は幸いにも手術することなく、化学療法を続けることになった。まだむくみは残るが、経過は良好ということだ。

　石田先輩は十二月末からの休みを使って、小玉ちゃんを訪ねると言った。

「よろしく、お願いします。妹はきっと喜びます。石田さんの気持ちを支えにして頑張ります」

それから僕達は李さんの勧める料理を食べながら、初めて会った春からの話が続いた。彼女が酒に強いのには驚いた。白い顔を変えることはなかった。

「あら、東北の民族は、みな強いのですよ。普段は飲みませんけれど」

と白い歯をこぼした。

「飲み比べしたら、間違いなしにおまえが負けるな。今日は王さんに介抱してもらうか」

それも、いいなあ。でも、明日は寮を朝五時半の出発で、車を予約していた。次に来たときはぜひお願いしますね。


彼女は花が好きだというのが分かった。ベランダに多くの鉢植えを置いて世話をしているという。花なら僕も中学時代は卓球部でありながら、園芸部にも入部していた、という変わり者だった。今は花とは少しも縁のない生活だけど。

彼女のアパートまで送っていったとき、

「王春玉さんが唯一の花です、僕の写真立て（これは心の中にある）に飾ってあります」

と口走ってしまい、

「今どきの中学生でもそんなことは口にしないぞ」

と先輩に呆れ顔で笑われた。

「石田さん。それはちょっと失礼ですよ」

王春玉はくすっと笑いながらも、先輩をたしなめてくれた。

帰国後も連絡できるよう、王さんのための携帯電話を買うから、一緒に行きましょう、夜中まで営業している店がありますす、と誘った。

だが、あっさり断られた。

「いえ、もう予約しているのです。電話番号が分かれば、お知らせしますわ」

思いがけない言葉が、笑顔でやってきた。

「きっとですよ」

僕は手を差し出し、彼女と固く指切りをした。

⒆

春節後、小玉ちゃんは二歳になる子供を連れて、深圳へやってきた。石田先輩は寮を出て、新築のマンションへ引っ越した。

子供は深圳の病院で引き続き、治療を続けるという。

電話で知らせてきた先輩の声は明るかった。後ろを振り返ると、すぐ側で、二胡の音色に包まれた先輩が笑っているかのようで、遠く海外からとは思えない張りのある声だった。

そして流れてきた旋律はアランフェス協奏曲の第二楽章だった。姉のリクエストで練習したのだという。

昨年の三月のことを覚えてくれていたのか……。春玉の想いが伝わってくるようで、僕は電話の受け答えもそこそこに、

「おい。電話代がかさむから、もう切るぞ」

と先輩からお叱りを受けるまで、聴きほれていたのだった。

『小玉ちゃんの貞操を守る会』は発展的解消をし、『小玉ちゃんの幸せを祈る会』と名称変更を行なったそうだ。

「分かっとると思うが、小玉ちゃんを不幸にすると黙っちゃいないぞ。これは実は『石田君を監視する会』というのが、裏の名称だからな」

会長の山野さんは、会員一同、と記したはち切れそうな赤包で祝ってくれた、とこれも先輩からの便りだった。


思うに石田先輩って、勤務中はそれなりに責任感があり、部下に対しても厳しく当たることもあるけれど、仕事を離れると至っていい加減だ。〝まあ適当にいこうや〟という句を座右の銘にしているのでは、と思えるくらいだ。

僕はというと、仕事も適当だから、負けず劣らずどころかそれ以上だな。中国語の成語に〝馬馬虎虎〟がある。厳つい漢字に反して〝まあまあふうふう〟という気の抜けたような音は、適当にとか、まあぼちぼちと、という意味で使われる。

確かに、完璧にふるまい、隙のない非の打ちどころもない行ないは、接する者に緊張感を与えたり、場合によっては嫌味になったりすることもある。

〝馬馬虎虎〟は、まるで僕のためにあるような言葉だと考えていたが、本来は、敢えて力を抜いた、あるいはそれを意識させない振る舞いが自然と身についている人に対しての成語かもしれない。

まあ、そんな高尚な話ではなく、僕は単にずぼらなんだろう。

僕の〝馬馬虎虎〟には、はみ出して失敗したくない、責任を追及されたくないという委縮した気持ちが、隠れているのかもしれない、とうすうすは感じていた。

将来どのようなことをしたいかの希望はなく、現在の品質管理の仕事だって自分に向いているのか分からない。これといった特技も持ち合わせておらず、平凡極まりない。凡人で悪いかと居直る度胸もない。

他人と比較しなくてもいい。あなたにはあなたの良さがある。ありのままにね、と当たりのいい言葉をかけられても困惑してしまう。

王春玉に相応しい男なのだろうか。今は及ばずとも、なれるのだろうか、とあがく僕には慰めにもならないよ。

だけど、先輩の覚悟を目の当たりにして、震えた。先輩には及ばないまでも、進む道が見えた気がした。


帰国後、僕の休日の過ごし方はずいぶん変わった。パチンコに費やす時間が大幅に減ったのだ。それじゃ、何をしていたかって?

高校時代の美術で使用していたクロッキー帳（最初の数ページ以降ほとんど白紙）。

それを押し入れの奥から探し出した。

そうして彼女を描き続けた。深呼吸をして鉛筆を握る。最初は長めに持ち、柔らかいタッチで大まかに、と確か教わったはずが、つい力が入ってしまう。

写真がないため、僕の頭の中に残っているのは、彼女のすました顔とほほえむ横顔。涙ぐんだ表情も過ったけれど、４Ｂ鉛筆の走るリズムが笑顔に変えていく。

こうしてクロッキー帳を描きつくし、新しく購入した。

ただ、口惜しいことがひとつある。デッサンは質感、量感を描き込むことが大事というけれど、指切り以外に触れたことはない僕には、今はそこまでは叶わないのだ。

想いは深圳の街に飛んでいく。

冬の市場問題の処理もほぼ終わった三月初め。今年度の新製品の開発計画からすると、中国工場へは六月の出張となる予定だった。僕は願い出て、三月中旬からの派遣希望を出した。

⒇

羅湖から深圳に入った。五ヶ月ぶりの街。百貨店の入る商業ビルの青い大屋根が一際目立つその向こうに、高層建築群が完成し、外装も新しい。

陸橋の上で改めて、深呼吸をした。肺の隅に残っていた日本の空気を吐き出し、華南の春の空気を胸いっぱい吸った。

駅前で乗ったタクシーは交通渋滞の経済特区を抜け、第二経済特区に入った。三人の満ち足りた生活を送っているだろう石田先輩に、車の中から呼びかけた。

「先輩。僕も頑張りますよ。いえ、仕事ではありません。王春玉です。そのときは、僕に原田君と呼びかけても返事をしませんからね。先輩には、兄さん、ときっと呼んでもらいますからね」

工場のある地域に向かう市道の両側に、木棉花のつぼみが開きかけ、鮮やかな赤色が覗いていた。

王春玉がこわいくらいといった花。赤い花びらが饐えて臭いを放つ部屋の中、ここにはおまえの居場所などない、とその真っ赤に爛れた闇に慄く夢を見た昨年の夏。それも遠いことに思えた。

華南の青空の下に、たくましい五弁花の満開もまもなくだ。何があっても彼女とならば、乗り越えていけるだろう。いや、共に乗り越えていくんだ、と誓った。

もう一度深呼吸をして鞄から携帯電話を取り出すと、僕は発信履歴にいくつも並ぶ王春玉の番号を押した。


（了）

著者プロフィール

桐原 夕一（きりはら ゆういち）

1951年生まれ。兵庫県出身。

木棉花《ムーメンファー》の咲く頃に

2025年 1 月15日　初版第 1 刷発行

著　者　桐原 夕一
発行者　瓜谷 綱延
発行所　株式会社文芸社
〒160-0022　東京都新宿区新宿1－10－1
電話　03-5369-3060（代表）
03-5369-2299（販売）

印刷所　株式会社暁印刷

ISBN978-4-286-25988-8